DESCRIPTION

DE

MODÈLES EN RELIEFS,

Sur les Inventions, Découvertes, Perfectionnemens des Arts
et Métiers, Monumens publics, etc.,

OU

Modèles-Curiosités de S. A. R. MONSEIGNEUR le DUC DE BERRY,
exécutés en proportion et multipliés en faveur des propriétaires qui
voudraient monter des Cabinets, et particulièrement pour la formation d'un
Conservatoire d'Arts et Métiers dans chaque département, par Q. DURAND,
Architecte des Jardins, Fondateur et Directeur du Magasin d'Inventions,
Membre de plusieurs Sociétés savantes, etc., etc.

PRIX: *sans les Modèles, 3 fr.; et 3 fr. 5o c., franc de port.*

A PARIS,

AU MAGASIN D'INVENTIONS, RUE DE BUSSY, N.° 19.

1818.

MOULIN DE MÉNAGE.

AVIS

Aux habitans des campagnes, sur l'économie des grains, et description du MOULIN à blé et à bras, perfectionné pour moudre toutes sortes de grains, avec les diverses applications que l'on peut faire de cette Machine indispensable dans chaque maison.

PRIX: { 3 fr. à Paris, et 3 fr. 50 c. franc de port.
{ Le Moulin, 60 fr. à Paris, et 70 fr., franc de port, sans la description.

DEPUIS des temps immémoriaux, l'on s'est plaint de l'infidélité des meuniers; néanmoins, ce n'est que dans des circonstances pressantes que l'on a véritablement cherché quelques moyens de se passer d'eux : telle est l'insouciance et l'imprévoyance de la plupart des hommes, qui pourraient s'épargner bien des malheurs, s'ils daignaient penser quelquefois à l'avenir. Les rapines que les meuniers exercent sur les grains, ne sont pas les seuls inconvéniens que le cultivateur éprouve à faire moudre son blé dehors; souvent obligé de le conduire lui-même au moulin, il faut encore qu'il attende son tour, et si le grain qui l'a devancé est inférieur, la farine qui reste dans les meules lui change la sienne au point de la lui rendre méconnaissable; c'est du-moins l'excuse dont se servent la plupart des meuniers en pareil cas. Non pas que je prétende qu'il n'y ait d'exception à la règle, mais leur réputation est si entichée, que l'on dit proverbialement, qu'il n'y a rien de plus hardi que la chemise d'un meunier, parce qu'elle prend tous les matins un larron au collet (1). Il est d'autres circonstances beaucoup plus alarmantes encore, et dont un cultivateur prévoyant pourra se garantir avec notre moulin ; ce sont les sécheresses qui tarissent ou diminuent tellement les courants d'eau, qu'il n'est plus possible de moudre. Les gelées, pour peu qu'elles continuent, ne seraient-elles pas bien fortes, n'ont-elles pas le même inconvénient ?

Les Moulins à vent, dont le modèle fut apporté d'Asie en Europe, du temps des Croisades (2), sont aussi sujets à de graves inconvéniens; mais la disette d'eau qui se fait sentir dans tout l'Orient, a contraint cette nation d'en faire usage. Ils sont fort souvent arrêtés dans la belle saison, faute d'air ; dans d'autres temps, le vent est trop fort, et malgré la possibilité d'en diminuer le mouvement, les meuniers préfèrent les arrêter. Ces précautions n'empêchent pas qu'un ouragan, un coup de vent subit les brisent ou leur causent des avaries très-considérables. Le cultivateur qui manque de farine, se reproche alors son imprévoyance. Voici un fait que le Physico-Économique rapporte à cette occasion, et qui prouve l'urgence de se prémunir contre ces divers accidents. « Les habitans d'un village, » manquant de pain, vont chez le seigneur et chez un riche particulier de l'endroit pour

(1) Dictionnaire de Trévoux, article Meunier.

(2) Platine remarque que le Pape Célestin III, qui vivait dans le même temps, a déclaré le profit des Moulins à vent, alors nouveaux, sujets à la dîme.

» demander de la farine; on ouvre les greniers, ils ne trouvent que du blé, le seigneur
» et le particulier manquaient eux-mêmes de farine ». Je pourrais citer une foule de circonstances semblables où l'on fut obligé de se servir des moulins à poivre et à café, qui
moulent mal et en petite quantité, et à leur défaut, obligé de faire crever le blé dans l'eau,
pour en faire une bouillie. « De quel secours eût été alors notre moulin à bras, qui peut
» produire 500 livres de farine en 24 heures, quantité suffisante pour alimenter un village
» qui manquerait de pain dans les temps de gelées (*) ».

Je ne profiterai pas de cet avantage pour conseiller aux cultivateurs de se passer entièrement des meuniers. J'ai simplement extrait ce passage, pour leur faire apprécier l'étendue
des ressources que notre Moulin peut leur procurer dans le besoin. Je me fais même un
devoir de citer ici ses défauts. L'on sait que les grands moulins à meules de pierre séparent
assez bien le son de la fleur de farine; le nôtre, au contraire, broye une certaine
portion du son presqu'aussi fin que la farine, ce qui provient de la denture de tous les moulins en fer. J'ai fait les frais d'éprouver divers moyens présentés par des mécaniciens fort
habiles; j'en ai imaginé moi-même; mais nos expériences réitérées nous ont convaincus de
l'impossibilité d'éviter ce petit inconvénient, qui n'a d'ailleurs rien de contraire à la santé,
ainsi que l'a observé M. Régnier à la Société d'encouragement. « Une grande partie des ha-
» bitans de nos campagnes, dit-il, mangent du pain qui n'a pas été bluté; d'ailleurs, le son
» divisé comme il l'est ici, entretient dans le pain une fraicheur qui retarde son dessé-
» chement ».

(*) Extrait littéral du rapport de la Société d'Encouragement, bulletin CLX.

J'ajouterai un exemple qui n'est pas à imiter, mais qui prouve, comme le dit M. Régnier, que le son ne nuit pas à la santé. Les Polonais font usage de petits moulins à meules de pierre, qu'ils tournent à bras horizontalement; le blé y est moulu ou presque concassé sans être vanné; la farine qui en provient est pétrie pêle-mêle avec le son; elle procure, il est vrai, un pain si brut qu'il s'y trouve des pailles d'un demi-pouce de long. Il en est de même en Russie, où les hommes sont fort robustes et vivent très-long-temps. Je connais des Français qui ont été prisonniers près de Moscow; ils logeaient chez le paysan et recevaient leurs vivres en argent. Comme ils n'étaient pas accoutumés au pain du pays, ils passaient cette farine grossière avec des tamis; ils obtenaient alors un bon pain de munition, ce que les Russes regardaient comme une prodigalité qu'ils blâmaient très-fort : Vous êtes un peuple de Barons, disaient-ils.

Revenons à notre Moulin. J'ai dit qu'il broyait une partie du son; l'on va penser peut-être qu'il n'est pas susceptible de produire de la farine propre à faire du pain blanc, je vais détromper le lecteur, en lui indiquant la manière de s'en servir : il est bon de dire auparavant que ce moulin a été adopté pour le service des armées par une commission choisie pour le comparer, à l'essai, aux différens moulins à bras inventés depuis ceux décrits du temps de Louis XIV, dans les Mémoires de l'Artillerie de Saint-Remi, jusqu'à ce jour. La farine, à l'exception du gros son d'une seule mouture, que fait notre moulin, est employée pour le pain des troupes; mais si l'on voulait obtenir un bon pain de ménage, il faudrait en séparer davantage de son avec un blutoir. Quant aux personnes qui voudraient faire du pain blanc ou de la pâtisserie, il est bon de leur rappeler ce qui se pratique ordinairement pour la farine des grands moulins à meules de pierre, soit à vent ou à eau.

Le grain de blé, suivant l'abbé Rozier, est composé de plusieurs substances, les unes plus dures ou plus grossières, les autres plus fines et plus molles : « Il est donc évident, dit » M. Depertuis, qu'un seul et même moulage et qu'un seul blutage sont insuffisans pour » séparer les parties mêlées par un seul broiement ; après le premier moulage du grain, » il reste beaucoup de parties qui ne sont que concassées, et qui n'ont pu être pulvérisées, » parce qu'elles ont échappé à l'action de la meule qui portait sur le grain entier dans le » premier broiement (*). D'ailleurs, le rabillage des meules est trop grossier pour atteindre » ces petites parties. Ce sont les parties concassées et non moulues qu'on nomme gruaux ; » il y a donc, dans le produit du même grain, plusieurs espèces de gruaux, comme il y a » plusieurs sortes de sons et de farines, selon la différence des parties pulvérisées ou seu- » lement concassées ; l'on distingue le gruau blanc qui n'a pas d'écorce, le gruau gris qui n'a » que la seconde écorce, et le gruau bis qui est taché de son ; on retire des deux premiers » gruaux, lorsqu'on les fait remoudre séparément, une farine plus belle et plus savoureuse » que celle du corps farineux qu'on nomme farine de blé ». Cette explication me paraît suffisante pour mettre le lecteur en état d'appliquer le travail de l'ancienne mouture à notre

---

(*) Il faut observer que ceci ne concerne que les grands moulins ordinaires de meules de pierre ; notre moulin a bras peut moudre fin du premier coup, mais alors l'on obtient du pain mi-blanc en blutant une fois ; il nous faudra donc imiter la mouture ordinaire pour faire le pain blanc : j'en indiquerai les moyens ci-après.

moulin à bras; mais il est nécessaire qu'il connaisse bien chaque pièce séparément. Cette machine étant un peu compliquée, et une partie du mécanisme dérobée à la vue, la gravure aurait été insuffisante pour bien apprécier les fonctions de chaque pièce ; j'ai donc dû établir un modèle en petit, autant pour faciliter la manœuvre du grand moulin, que pour servir de guide aux personnes qui désireraient le faire établir elles-mêmes par leur serrurier.

N.° XII.

DESCRIPTION

DU MOULIN DE MÉNAGE,

Perfectionné par MM. James Whitye, M. le Chevalier Edme Régnier, Conservateur du Musée central d'Artillerie; Bainée, Mécanicien, et Durand, Architecte, Fondateur du Magasin d'inventions et Directeur des Modèles de Monseigneur le Duc de BERRY.

Le modèle du grand Moulin est exécuté sur une échelle de 3 pouces pour pieds.

Avant de démontrer le grand moulin ou le modèle, jetons un coup-d'œil rapide sur la gravure pour connaître le nom et la forme de chaque pièce démontée.

Planche 4, fig. I.ʳᵉ, plan du boisseau, ou pour mieux dire le boisseau, vu sans-dessus-dessous, et à vol d'oiseau ; A, passage de l'arbre ; B, sortie de la farine; c, c, les oreillons. 2, Élévation du même; A, douille : on doit rouler l'arbre qui fait tourner la noix ; B, passage de la farine; c, c, les deux oreillons ; D, ouverture fermée par une soupape ponctuée que l'on ouvre en desserrant une vis E, qui lui sert de piveau, lorsqu'un cailloux s'introduit dans le moulin, ou que l'on veut changer de grains en détournant la manivelle à l'envers : tout sort sans que l'on soit obligé de démonter le moulin (*). C'est un des perfectionnemens qui m'a paru nécessaire: cette ouverture était d'abord près de la douille, elle servait à l'ouvrier pour centrer la noix ; quelques mécaniciens la désignèrent comme très-utile pour vider le moulin : m'étant aperçu que cela était impossible, j'imaginai de la placer où l'on la voit ; je réussis à vider le moulin par cette ouverture ; mais je faillis abandonner ce perfectionnement par les difficultés que les ouvriers m'opposaient pour centrer la noix : après avoir tenté différens essais pour y réussir, la pose du piveau de la bascule qui communique le mouvement au semoir du régulateur de la force, nous en facilita les moyens. C'est ainsi que les choses qui paraissent les plus simples ont donné beaucoup d'embarras à imaginer. 5, Coupe du boisseau ; A, la douille : on doit tourner l'arbre ; B, petite lumière qui sert à introduire de l'huile d'olive pour adoucir le frottement de l'arbre ; c, c, les oreillons ; D, entrée du grain ; E, E, la place des vis qui fixe la trémie sur le boisseau, pour empêcher le déplacement du régulateur de la force. 4, Grande plaque à fêlure, servant à fermer le boisseau lorsque la noix y est introduite ; elle est renforcée d'une traverse à l'extérieur, portant l'écrou de la vis de pression B, qui donne le degré de finesse désiré à la mouture en faisant avancer ou reculer une petite boîte d'acier trempé, dans laquelle tourne l'arbre de la noix ; C, C, ouverture des oreilles. 5, Coupe de la même ; A, l'écrou de la vis de pression

---

(*) Il faut observer que cette description sert au grand moulin et au petit modèle, qui se composent du même nombre de pièces ; le grand, prêt à servir, est du prix de 70 fr., franc de port, pour toute la France ; le modèle, 15 fr. seul, et lorsque l'on prend le grand moulin avec le modèle, l'on n'envoye que 80 fr., au-lieu de 85 fr.

au-dessus duquel l'on aperçoit la boîte d'acier également en coupe, et le piveau de l'arbre en acier trempé déjà entré dedans; B, noix taillée de 60 grandes dents obliques, divisées en quatre parties égales de l'intervalle d'une dent, pour faciliter l'engrainage; chacune de ces divisions composées de 15 dents au sommet de la noix, et divisées en 30 par le bas; en sorte que le grain commence à se concasser en C, et se raffine totalement en D; le boisseau fig. 1, 2 et 3, est également divisé par 120 dents, mais il n'a pas d'intervalle pour l'engrainage. Au reste, il faut voir le dedans du modèle, ou du grand moulin, pour comprendre ce passage, connaître la manière dont les dents sont taillées, et leur juste obliquité, ce qui est très-important pour le produit et la finesse de la mouture. 6, Coupe de la noix; 7, grande plaque en boutisse de la noix: l'on remarque au-milieu la place où doit passer l'arbre et les deux entailles de son prisonnier; 8, Coupe de la même; 9, la petite boîte d'acier; 10, l'arbre de la noix; A, le prisonnier; B, goupille pour fixer la petite plaque; C, carré de la manivelle; 11, petite plaque; 12 coupe de la même; 13, la manivelle vue sur le côté; A, la soie qui doit être emmanchée de bois; 14, la même vue de face; A, la soie rivée; B, ouverture carrée où s'emboîte l'arbre; 15, petit écrou; 16, grand écrou à embâse pour fixer le moulin en place; 17, vis portant piveau pour la bascule 18, qui imprime le mouvement nécessaire au semoir : c'est cet appareil que l'on nomme régulateur de la force; 19, une des grandes tiges taraudées des deux bouts pour recevoir les écrous 15 et 16 : voyez le modèle ou le grand moulin, pour en comprendre l'usage; 20, trémie en fer-blanc vue en coupe et de face; A, A, les vis qui fixent la douille sur le boisseau; B, vis de pression qui diminue l'effort que l'on emploie à faire tourner la manivelle en repoussant le ressort; C, ce qui fait remonter le semoir; D, pour empêcher le grain de tomber en trop grande quantité; par exemple, si le grain entrait à volonté dans le moulin , il faudrait employer constamment 18 livres de force sur la manivelle, ce qui est à la portée d'un homme ordinaire; le produit de la mouture est alors de 20 à 25 livres par heure. Mais si l'on voulait faire moudre une femme ou un jeune homme d'une quinzaine d'années, ou même employer un tourne-broche, il serait nécessaire de diminuer sa force, ce qui est aisé en relevant le semoir; il est vrai que la mouture serait moins abondante ; mais ce moyen peut être utile dans bien des circonstances, et c'est pour cette raison que nous avons imaginé le régulateur de la force. 21, la même trémie, vue à l'extérieur, et sur l'autre face 22, clef en fer, ajoutée aussi depuis le rapport de la Société d'encouragement ; la fourchette A , sert à démonter tous les écroux ; la pointe B, à tourner les différentes vis, et surtout celle qui sert à régler la finesse de la mouture cotée B, fig. 4 : voyez au reste le modèle ou le grand moulin. J'ai de plus ajouté une grande trémie en bois et un coffre, ainsi qu'ils sont représentés dans la planche 5 fig. 1; A, trémie en bois; B, coffre à farine monté en place pour son service; ce petit appareil est fort simple : l'on prend deux bouts de bois C, C, de 3 à 4 pouces en carré, et de 5 à 6 pieds de hauteur, que l'on entaille à demi-bois avec une scie en D, pour emboîter la traverse E, au-milieu de laquelle l'on fixe à tenons et mortaises un bout de bois perpendiculaire F, où est suspendue la trémie de bois A ; afin de consolider le petit bâti il faut enterrer les montans C , C, de façon que la traverse E soit à 5 pieds 4 pouces hors de terre : le coffre à farine B se suspend sur deux tasseaux, G , G : lorsque l'on veut démonter le moulin pour voir l'intérieur, l'on dévisse seulement les écroux du devant ; 1, J, la vis qui sert à régler la finesse est située derrière le boisseau, K , vis de pression servant à élever et à baisser le semoir 4 suivant la force que l'on peut employer sur la manivelle. Ce semoir est mis en mouvement par la bascule M.

Des différens Grains que l'on peut moudre avec le Moulin de ménage.

Du Froment.

On a vu les procédés qu'il fallait mettre en pratique pour obtenir des farines de différentes qualités propres à faire du pain plus ou moins blanc, page 43. Il s'agit maintenant d'appliquer à notre moulin à bras, les moyens en usage dans les grands moulins, pour en obtenir les mêmes résultats.

Le blé étant bien sec, vanné ou criblé, l'on commence à le moudre à plat, c'est-à-dire à le broyer grossièrement; ce qui est aisé en desserrant la vis de pression ou régulateur de la mouture, situé à l'opposé de la manivelle, derrière le moulin, et désigné à la gravure, par B, fig. 4. Ce premier moulage produit ce que l'on appelle la fleur de farine ou farine de blé, et du gros son que l'on sépare à l'aide du bluteau, qui doit donner, en sus de cette première opération , trois autres articles bien distincts, si les étamines sont choisies à propos; savoir : le gruau blanc sans écorce, le gruau gris avec la seconde écorce, et le gruau bis tenant à une partie du son. L'on désengraine alors le moulin en ouvrant la soupape D, fig. 2, en détournant la manivelle à l'envers; et après avoir refermé cette ouverture, l'on serre davantage le régulateur de la mouture, pour remoudre le gruau blanc; il faut avoir soin, avant, de relever le semoir, afin que le gruau entre dans la trémie au fur et à mesure qu'il se moud; car s'il entrait à volonté dans la trémie, il se vouterait à l'entrée de la douille, et il n'en parviendrait pas dans l'intérieur du moulin. L'on obtient, dès-lors, une farine de première qualité pour faire le pain blanc et la patisserie; plus, une seconde farine fort semblable à la farine de blé, que je conseille de mêler à ce premier produit, ainsi que la première qualité, lors-

5

que l'on ne veut faire que du pain; à-la-vérité, il sera un peu moins blanc, mais d'une excellente qualité. Les autres gruaux peuvent se moudre ainsi séparément, mais ce travail n'ap-
partient guère qu'aux marchands de farine; l'agriculteur économe et judicieux les fera
moudre ensemble pour former un pain bis de troisième qualité, aussi sain que nourrissant,
pour ces hommes laborieux qui font le noble métier de cultiver les champs. Le remoulage
des gruaux produit les différentes issues que l'on connaît sous les noms de recoupe, recoupette et remoulage, avec lesquels l'on nourrit et engraisse la plupart des bestiaux et des
animaux de basse-cour. Le lecteur désire sans doute connaître quel est le bénéfice et le
déchet de cette manipulation; afin de le satisfaire, je vais rapporter l'expérience que j'ai
faite sur 100 livres de froment d'une qualité très-ordinaire. Après l'avoir moulu, bluté et
séparé, j'ai pesé mes différens produits, et j'ai trouvé en fleur de farine, dite farine de blé,
17 kilogr. et demi ou 35 livres; farine de gruau blanc sans écorce, 9 kilogr. ou 18 livres; des
autres gruaux, 13 killogr. 26 livres; recoupe, recoupette et remoulage, 5 kilogr. et demi,
11 livres; gros son, 4 kilogr. et demi 9 livres; déchet, demi-kilogr. une livre.

Du Seigle.

Plusieurs personnes m'ont écrit pour savoir si le moulin à bras pouvait moudre du seigle;
cette question m'a paru assez étrange, vu que ce grain est plus maigre que le froment: j'en ai
fait moudre séparément, et j'ai reconnu que si l'on voulait le moudre à plat, pour en tirer
différentes farines comme du froment, ce qui se fait rarement, il ne fallait pas desserrer le
régulateur de la mouture autant que pour le froment, vu que le seigle, plus menu et plus
long, se concasserait plutôt que de se moudre; mais un peu d'attention au premier tour de

manivelle, il sera aisé de fixer la vis au degré de finesse nécessaire à cette première mouture.

De l'Orge.

Ce grain est moulu dans notre usine domestique à la dernière perfection; le son est sec et parfaitement séparé de la farine. Plusieurs brasseurs ont supprimé leur moulin de pierre, pour employer le moulin de ménage à concasser l'orge germé, ce qu'ils nomment la drèche; il faut alors desserrer en partie la vis de pression; le produit de cette mouture monte à près de 100 l. par heure: le cultivateur peut donc brasser lui-même sa bière à l'aide de notre moulin à bras.

Mais lorsque l'on voudra faire servir l'orge à la nourriture des animaux, il faudra resserrer la vis de pression de façon à moudre fin; car plus la farine d'orge sera fine, plus elle sera nutritive. L'on sait que pour cet emploi, il est inutile de bluter, puisque l'on pétrit la farine avec le son; il n'en est pas de même pour notre usage, soit que nous la mangions en farine ou en gruau: il faudra moudre un peu plus gros, bluter ensuite pour obtenir la séparation totale du son, de la farine et du gruau; si ce dernier était en trop grande quantité, l'on serait quitte pour le remoudre en resserrant la vis et en remontant le semoir, de façon que le gruau ne s'engraine qu'au fur et à mesure qu'il se convertit en farine. M. Cadet-de-Vaux a éprouvé que la farine de pommes de terre, par dessiccation, mêlée d'un quart ou d'un tiers à la farine d'orge, il en résulte un bon pain qui a perdu son goût d'orge et qui rassit moins promptement; au reste, l'orge mondée ou en gruau a été appréciée en tout temps. « Pline II écrit qu'elle est » si bonne, si saine et si nutritive, qu'Hyppocrate, prince de tous ceux qui ont traité de la » médecine, a employé un livre entier à déchiffrer les louanges des propriétés d'icelle ».

Du Sarrasin.

Je suis fort éloigné d'approuver les personnes qui prétendent panifier la farine de blé noir;

la mêlerait-on même avec du froment, l'on n'obtient qu'un pain indigeste et désagréable au goût. Si nous en croyons Cabanis, il cause même à ceux *qui s'en nourrissent, un défaut d'intelligence presqu'absolu, une lenteur singulière dans les déterminations et les mouvemens. Les hommes,* dit-il, *sont d'autant plus stupides et plus ineptes, qu'ils vivent plus exclusivement de cet aliment.* J'ai fait moi-même différens essais pour obtenir un pain passable en mélant de la farine de sarrasin avec d'autres espèces de farine, et je suis demeuré convaincu, avec M. Parmentier, que le sarrasin n'était nullement propre à la fermentation pannaire; mais venons à sa monture. L'on sait que les meuniers ont l'habitude de le moudre, lorsque les meules sont nouvellement repiquées; il en résulte que la farine mélangée de gravier devient croquante. Les meules de pierre ont un autre inconvénient: elles réduisent en poussière l'enveloppe du grain, ce qui rend la farine amère et lui donne un goût de terre de pipe. Notre moulin de ménage est exempt de ces inconvéniens; non-seulement la farine ne peut être croquante, mais elle perd presque totalement son amertume, si l'on moud avec précaution. Voici comment il faut s'y prendre: l'on desserre la vis de pression de façon à moudre un peu gros; l'enveloppe noire se détache parfaitement de la farine et du gruau, que l'on sépare ensuite à l'aide du bluteau, de même que l'on sépare le son des autres céréales; après quoi, remoulant le gruau, la vis étant resserrée, l'on obtient une farine très-blanche, qui n'a d'autre goût que celui de son fruit, ce qui plaît beaucoup à ceux qui en ont l'habitude. Les précautions que je viens d'indiquer ne seront mises en usage que lorsque l'on destinera les farines à faire du pain, des galettes ou de la bouillie, pour la nourriture des hommes. Quant au sarrasin que l'on destine aux animaux, il suffira de le moudre en grosse, pour le rendre plus profitable.

L'on voit de quelle importance notre moulin peut être dans cette dernière circonstance, où le sarrasin rend peut-être les plus grands services. Cette assertion est appuyée par l'autorité de M. Bosc, qui rapporte que beaucoup de cultivateurs, même dans les pays riches, donnent la graine du sarrasin à leurs chevaux, en place d'avoine ou mêlée avec l'avoine, et s'en trouvent très-bien. Les bœufs, les cochons et les moutons s'engraissent promptement par son usage, surtout quand elle est réduite en farine et donnée en bouillie chaude et un peu salée. Tous les oiseaux de basse-cour la recherchent avec passion; elle les fait pondre de bonne heure et les engraisse également : on a même cru remarquer que leur graisse était plus fine, plus savoureuse que lorsqu'elle était le résultat d'une autre nourriture.

Je ne dois pas passer sous silence une observation de M. Parmentier, insérée dans le Physico-Economique, année 1786. Il dit que pour faire du bon pain de sarrasin, il faut le moudre avec un tiers ou moitié de seigle; il me semble que si ce mélange est favorable, comme il n'en faut pas douter, il vaudrait mieux le faire après que les farines auraient été blutées séparément, par rapport à l'enveloppe noire du sarrasin, qui doit être en partie pulvérisée, si l'on le moulait avec le seigle.

Du Maïs ou blé de Turquie.

Une règle généralement établie, est que le maïs doit être parfaitement sec pour être moulu; la meilleure méthode est de le mettre au four : sans cette précaution, les meules des moulins ordinaires s'engrappent, le bluteau s'empâte, et il reste beaucoup de farine dans le son; les grands moulins ont un autre inconvénient : la farine du blé d'Inde en sort toujours grossière et souvent mêlée de gravier. Notre moulin, au contraire, la rend très-fine, lorsqu'il s'agit de faire des bouillies ou du pain, et la concasse seulement, si l'on ne désire que de la semouille et du gruau : il faut simplement mettre la vis de pression au degré convenable, ainsi qu'il est indiqué ci-dessus. Une chose à observer est de tenir le semoir très-élevé pour que le grain ne tombe qu'au fur et à mesure de mouture. La farine du maïs ne se conserve bien qu'un an ; mais le meilleur moyen est de la moudre toutes les fois que l'on veut en faire usage, sans quoi elle perd son goût et en prend un de poussière ou d'échauffé ; le grain a le même inconvénient d'une année à l'autre, ce qui m'a mis à portée de faire une expérience qui peut être précieuse pour les endroits où l'on se nourrit exclusivement de maïs. Ne sachant comment enlever le goût désagréable d'un sac de blé de Turquie, je le fis mettre dans un four très-chaud, c'est-à-dire trois heures environ après avoir défourné le pain ; présent à ce travail, je le fis remuer à plusieurs reprises dans la crainte qu'il ne brûlât ; il s'exhalait du four une odeur très-agréable ; je remarquai que le grain se colorait d'un jaune foncé, qu'il se gonflait au point de se fendre, et que la matière jaune et grossière du grain devenait molle et semblable à de la farine excessivement blanche ; ce grain d'abord mou redevint sec et dur en refroidissant ; moulu ensuite avec notre moulin, il en résulta une farine très-fine et d'un fort bon goût de maïs. Il est constant que le grain de blé d'Inde demande une plus forte cuisson que celui de froment ; M. Darcey conseillait même de délayer la farine de maïs dans l'eau chaude, et de la faire cuire comme pour la polenta. Avant de la pétrir avec les farines de froment ou de seigle que l'on y mêle ordinairement, il me semble que par mon procédé, non-seulement cette précaution serait inutile, mais que l'on aurait peut-être l'avantage, par la chaleur du four, de développer dans le maïs, cette partie glutineuse dont l'absence empêche sa panification. Je répète que mes occupations trop étendues m'empêchent de vérifier ce fait ; mais je pense que ce que je viens de rapporter, suffira pour déterminer quelques amis de l'humanité à s'en assurer.

De l'Avoine.

Ce n'est pas dans l'intention de faire du pain que je passe à la mouture de l'avoine. Ce pain qui est jaune, mal sain et insipide par son amertume, est pourtant en usage dans différens endroits, surtout en Savoie et en Norwège : cette dernière nation y mêle de la farine d'orge, et fait cuire son pain entre deux cailloux ; plus il est vieux, meilleur il est : l'on le garde pendant 40 ans, et il se sert par cérémonie dans les grands festins. En Angleterre, en Hollande et en Allemagne, il se fait de la bière d'avoine très-délicate : les Norwégiens obtiennent de l'avoine, par distillation, une liqueur qui égale en quelque sorte le vin ; enfin la farine d'avoine sert à faire différentes pâtisseries et des crêmes très-délicates. Avant de la réduire en farine, l'on commence à mettre l'avoine en gruau. J'avais crains d'abord que notre moulin de ménage ne la coupa avec son enveloppe au-lieu de la dépouiller ; mais quel fut mon étonnement, lorsqu'après avoir desserré totalement la vis de pression, j'obtins un gruau parfaitement dépouillé de son enveloppe sans être écrasé et presque toujours entier ; en un mot, il me parut plus beau que le gruau de Bretagne, je veux dire moins poudreux ; cependant celle dont je m'étais servi, très-petite et légère, est celle connue sous le nom d'avoine à deux barbes unilatérales, au-lieu d'avoine blanche que l'on emploie ordinairement à cet usage, vu les propriétés que la médecine lui a reconnues, qui sont d'être rafraîchissantes pour les hommes, de rétablir les poitrines faibles et les phtysiques ; on l'ordonne même aux personnes sujettes aux coliques néphrétiques.

L'usage ordinaire est de faire sécher l'avoine au four avant de la mettre en gruau.

Des Pois.

Si les pois verts sont recherchés avec avidité par toutes les classes, ils ne sont qu'un aliment passager et peu nourrissant, quoique indigeste pour certaines personnes. Lorsqu'ils sont secs, ils offrent au contraire un aliment plus nutritif; mais la peau qui les enveloppe est si coriace que les estomacs les plus forts s'en trouvent incommodés; aussi est-il dans l'usage, en Angleterre, de ne les vendre qu'en gruau, c'est à-dire, concassés grossièrement et dépouillés de leur enveloppe venteuse, au-lieu qu'en France l'on ne connaît d'autres moyens que de les réduire en purée, opération aussi longue que dégoûtante; d'ailleurs la purée ne peut guère s'employer qu'en potages. J'ai donc tenté la méthode anglaise avec notre moulin de ménage, et j'ai parfaitement réussi en desserrant aux trois quarts la vis de pression : l'enveloppe est si bien détachée, qu'en soufflant sur les pois concassés, elle s'en sépare sur-le-champ; j'ai ensuite fait, à l'aide d'un crible, différentes grosseurs de gruaux; j'ai fait remoudre de ces gruaux après avoir séparé la peau; il en est résulté une farine fine, qui a fait des crêmes, des potages, des purées délicieuses et d'une facile digestion. Les gruaux, totalement nettoyés de la bruche vulgairement appelée pusseron, et qui dégoûte tant de personnes délicates, ont été également livrés à la cuisine, dont ils ont subi les différens apprêts sans se mettre en purée; quelques amis que j'avais invités se sont assurés comme moi que les pois perdaient sous cette forme leur qualité indigeste et venteuse. L'agriculteur qui, dans bien des circonstances, donne des pois aux animaux, fera bien aussi de les concasser, surtout pour le cheval, dont il importe tant de ménager le ratelier : au surplus, cette nourriture sera plus profitable étant plus facile à digérer.

Des Fèves.

Ce légume acquiert le même avantage si on le concasse en gruau ou réduit en farine, ce qui est facile avec notre moulin à bras; il faut observer de relever le semoir de façon que les fèves ne tombent que l'une après l'autre; sans cette précaution, l'ouverture inférieure s'engorgerait et rien n'entrerait dans le moulin; il faut desserrer totalement la vis de pression, même la retirer s'il n'y avait pas assez de place derrière; après avoir criblé les féves et en avoir séparé la peau, l'on resserre la vis, pour remoudre les gruaux, si l'on veut de la farine. L'opération de concasser les féves évite à la ménagère une perte de temps très-long qu'elle emploie ordinairement à les dépouiller de leur enveloppe après les avoir fait cuire en partie; et dans les temps de disette, elle pourra même faire usage des féverolles que l'on donne aux chevaux; j'en ai fait accommoder moi-même, après avoir été réduites en farine; elles ont été trouvées si bonnes que l'on en faisait pas de différence avec les autres.

Des Haricots.

Ils se refusaient seuls à la mouture des divers genres de moulins que j'avais réunis dans mon établissement, pour l'expérience qui devait fixer notre choix sur une de ses usines domestiques. J'imaginai alors un moyen qui réussit parfaitement; c'était de les mettre au four pour enlever leur humidité. Confiés ensuite à notre moulin de ménage, il en résulta une farine très-blanche et un gruau exempt de l'enveloppe mal-saine, sans laquelle ce légume serait une nourriture qui entrerait en concurrence avec la pomme de terre, et qui lui disputerait même le premier rang; cette raison m'a suggéré l'idée d'ajouter un nouveau perfectionnement à notre moulin: c'est de rapporter la plaque de derrière qui porte la vis de pression en façon de tabatière, c'est-à-dire, avec un rebord large que l'on emboîte au boisseau, et qui permet à la noix de reculer davantage, lorsqu'on ne veut qu'émonder les gros légumes, comme les féves ou les haricots; par ce moyen, ceux qui voudraient manger les haricots entiers pourront facilement les émonder (1), ainsi que cela se pratique en Angleterre. Quelques personnes pourraient soupçonner que cet article est fait pour le plaisir de vanter le moulin à bras, ainsi que cela m'a déjà été observé; qu'il me soit donc permis de transcrire ici l'extrait d'un article de M. Bosc, inséré dans le Nouveau Cours complet d'Agriculture (2). « Ils nourrissent beaucoup, dit-il, en parlant des haricots secs, mais » sont difficilement digérés par les estomacs délicats; c'est aux robustes habitans des cam- » pagnes, aux jeunes gens qu'ils conviennent le plus : ils engraissent avec une prodigieuse » rapidité les animaux domestiques à poils ou à plumes (3), et améliorent leur chair; mais » leur haut prix permet rarement en Europe de les employer à cet usage. On les mange » cuits, assaisonnés d'un grand nombre de manière. Comme leur peau ou enveloppe est » la partie la plus indigeste, celle qui donne tant de vents, il est bon de les en dépouiller » avant que de les donner aux enfans, aux femmes des villes, aux vieillards, et en général

(1) J'ai recommandé ci-dessus de desserrer totalement la vis de pression pour enlever l'enveloppe des fèves, mais ce conseil ne concerne que les personnes qui possèdent les premiers moulins sortis de notre Etablissement; ceux que nous vendons maintenant n'ont pas besoin d'être autant desserrés pour émonder ces légumes, la noix ayant la faculté de reculer beaucoup plus loin; au surplus, il sera aisé de reconnaître l'écartement qu'il faudra donner à la noix pour chaque espèce de grain.

(2) Nouveau Cours complet d'Agriculture théorique et pratique, par les Membres de la Section d'Agriculture de l'Institut de France, 13 vol. in-8.° avec figures, prix : 96 fr., et 110 fr. franc de port; au Magasin d'Invention, rue de Bussy, n.° 19.

(3) Surtout lorsqu'ils sont concassés, ce que l'on peut faire promptement avec notre moulin à bras.

» à tous ceux dont l'estomac est faible. On y parvient, soit en les écrasant après leur
» cuisson complette, en faisant passer la purée qui en résulte par un crible de métal ou de
» terre (passoire), soit en les mettant s'enfler dans l'eau tiède, et en l'enlevant à la main
» lorsqu'ils sont crevés, soit enfin en les faisant passer entre deux meules de moulin
» suffisamment écartées. Il est remarquable que ce dernier moyen, si simple, si économi-
» que, qui est si généralement employé en Angleterre, n'a pas encore été introduit en
» France : quelle économie de temps et de combustibles résulterait cependant de son adop-
» tion. Les haricots ainsi préparés cuisent en un quart-d'heure, et peuvent être servis im-
» médiatement sur la table : tels des nôtres ne sont pas cuits après avoir bouilli deux et
» trois heures, et demandent une demi-heure de travail par plat pour être réduits en
» purée ».

Tous les haricots sont propres à cette préparation, que l'on connaît dans la Grande-
Bretagne sous le nom de sagou de Bauwen, du nom de l'inventeur de cette farine ;
cependant l'espèce qui est la plus employée à cet usage, c'est le haricot en zigzag, *pha-
seolus mango*, Linn. Les différens essais que j'ai faits sur les haricots m'ont mis à portée
de faire une remarque qui peut être utile dans quelques circonstances. Il en était resté à la
maison plusieurs litres qui ne cuisaient pas, quelque précautions que l'on mît en usage ;
réduits en farine et blutés pour en séparer l'enveloppe, l'on obtint une purée bien cuite
et qui ne peut causer aucune incommodité : disons, pour finir cet article, que la bouillie
de farine de haricots est très-bonne contre les cours de ventre, et s'emploie dans les cata-
plasmes émolliens et résolutifs.

Du Riz.

Ce grain étant livré au commerce tout émondé, je me bornerai à enseigner la manière de le moudre de suite en farine fine. Avec notre moulin, en ayant seulement la précaution de lever le semoir, pour que le grain ne puisse s'engorger en tombant trop vîte ; la vis de pression doit être serrée petit-à-petit, pendant que l'on tourne la manivelle jusqu'au point où elle sort tout-à-fait fine d'une première mouture, vu que le grain étant tout émondé il ne s'y trouve point de son. Cette farine s'emploie pour des crèmes et des bouillies de différentes façons, que l'on ne pourrait obtenir qu'avec beaucoup de peine du riz cuit entier ; il est encore possible de faire une espèce de semouille ou petit gruau : cela dépend du goût.

Des Lentilles.

Elles sont d'une plus facile digestion que les poix, fèves et haricots ; néanmoins on les moud à demi en Angleterre pour les dépouiller d'une partie de leur enveloppe, ce qui les rend plus tendre à cuire ; notre moulin est encore propre à cette préparation ; l'on peut même les réduire en farine pour faire des purées. Les différens essais que j'ai faits m'ont mis à portée de faire des amalgames d'un genre un peu bizarre, à-la-vérité ; mais ne sait-on pas, comme le dit lui-même M. Cadet-de-Vaux, que l'art de la cuisine est l'art des mélanges. J'ai donc fait mêler des farines de différentes espèces de graines, en les passant dans un tamis ; il en est résulté des potages d'un goût tout particulier, et qui plaisent autant par leur nouveauté que par leur excellente saveur. C'est une nouvelle carrière à parcourir pour un cuisinier habile ; lui seul pourra déterminer le degré de ces mélanges, et l'assaisonnement qui leur convient ; au reste la farine de lentilles peut entrer dans le pain de froment à un certain degré.

Du Poivre.

Ce grain est un de ceux les plus durs après le riz ; les épiciers ont pour habitude de commencer à le concasser en grosse ; ils le repassent ensuite pour le moudre fin : cette opération, qui se fait en trois fois, laisse éventer une partie de son goût aromatique, sans compter la perte du temps, car le moulin à poivre débite fort peu. Le nôtre au contraire moud fin du premier coup, et fait trois fois plus d'ouvrage ; ce qui résulte de l'exécution soignée de l'engrainage et de la grande proportion de la noix et du boisseau. Cependant le moulin à poivre des épiciers se vend à Paris 75 francs, et nous n'avons porté notre moulin à blé, qui moud toutes sortes de grains, ainsi que le poivre et le café, à 60 francs et 70 francs franc de port ; à-la-vérité, les moulins à poivres ont presqu'autant d'apparence que le nôtre ; c'est un charlatanisme de la part des marchands, et que je crois devoir signaler ici. Le boisseau de leur moulin est monté entre deux grandes plaques de tôle qui sont fixées par des vis qui traversent ; le moulin est en outre surmonté d'une grande trémie de tôle en forme d'entonnoir ; le tout est verni au noir de fumée ; cet appareil ne peut qu'éblouir le public qui n'a pas de connaissance dans cette partie ; mais il est aisé de reconnaître cette fraude, en comparant le dedans de ces moulins aux nôtres, je veux parler de la partie qui moud : l'on reconnaîtra que la noix de notre moulin est trois fois plus grosse, et que l'engrainage des dents est bien supérieur aux moulins à poivre : cette explication suffit pour faire apprécier la différence qui existe entre notre moulin à blé et le moulin à poivre ; mais il est encore une supercherie, dont il est bon de prévenir le public. Le but que je m'étais proposé en perfectionnant et publiant le moulin des armées, n'était pas d'en faire une spéculation ; au contraire, je

6

désirais être utile à mes concitoyens en leur procurant à un prix modique, un ustensile de ménage presqu'indispensable dans chaque maison ; en effet, ce moulin, avant qu'il réunisse les divers perfectionnemens qui le mettent en état de moudre différens grains, a été évalué à 100 francs pour le service du Gouvernement ; je les réduits au prix de 60 francs à Paris, et 70 francs franc de port, sans diminuer ses proportions ; au contraire, je lui ai ajouté, outre ces changemens, une clef à fourchettes, un coffre à farine et une trémie en bois, pour éviter de remettre si souvent du grain. J'avoue franchement que je ne croyais pas faire la guerre à mes dépens, en faisant un si fort rabais ; je comptais au contraire sur un grand débit ; mon attente n'a pas été trompée : la quantité des demandes qui m'ont été faites m'a mis à portée de trouver de l'économie dans la main-d'œuvre, par la routine que les ouvriers ont prise ; mais la grande quantité qu'il en fallait toutes les semaines a éveillé la cupidité d'un marchandeur : il s'est avisé d'en vendre à mon insçu à meilleur marché. Je ne fus pas peu surpris de recevoir une lettre, pour m'obliger à reprendre trois moulins que je n'avais pas vendus : voici le moyen que cet ouvrier, sans délicatesse, avait employé pour baisser le prix. Le boisseau et la noix sont en fonte blanche, douce et durcie à la trempe ; après que les dents sont taillées, la noix raudée dans son boisseau, et son arbre centré bien au milieu, pour rendre la mouture égale, ce qui forme le travail le plus long et le plus difficile du moulin, les siens, au contraire, n'étaient pas taillés, les dents étaient seulement ébarbées, et telles qu'elles viennent à la fonte ; la noix était à-peu-près centrée, et aucune des pièces n'étaient trempées. En voici la raison : on ne trempe que lorsque l'ouvrage est totalement terminé, c'est l'épreuve des pièces ; la matière n'étant pas encore accoutumée à la trempe, est sujette à se voiler et même à se fendre, s'il s'y trouve quelques pailles ; l'on a été à portée de reconnaître que la perte était à-peu-près de deux sur douze ; par conséquent l'ouvrier ne courant aucun de ces riques, et ne terminant pas l'ouvrage, ne pouvait manquer d'avoir du gain, même en diminuant le prix. Pour éviter cette friponnerie, nos moulins seront marqués dorénavant du titre *Magasin d'inventions à Paris* ; et si quelqu'un en achète en dessous main, ils ne pourront s'en prendre qu'à eux d'avoir été trompés.

Du Café.

Il se moud avec promptitude par notre moulin ; il faut avoir seulement la précaution de tenir le semoir assez élevé pour que le grain ne tombe pas trop vîte ; quant à la finesse, cela dépend du goût des personnes : les unes le veulent très-fin, d'autres prétendent qu'il est moins facile à éclaircir que quand il est plus gros : notre moulin se prête à tous les goûts, il s'agit de serrer plus ou moins la vis de pression.

Du Marron-d'Inde.

Un amateur m'a apporté deux livres de marron-d'Inde, faites avec notre moulin de ménage ; après avoir été séché au four étant entier il le concassa grossièrement, en desserrant tout-à-fait la vis de pression, et après avoir séparé l'enveloppe, il raffina en resserrant la vis chaque fois qu'il remoullait son gruau de marrons ; il assure que cette farine est propre à remplacer avec avantage la pâte d'amande ; qu'elle avait même la vertu de blanchir, d'adoucir les mains et de préserver des engelures : quoi qu'il en soit, je l'ai éprouvé, et j'ai reconnu qu'elle nettoyait parfaitement les mains, et pour ainsi dire, mieux que la pâte d'amande, mais que cette dernière était plus douce; néanmoins, depuis trois mois que ma femme en fait usage, elle ne s'est pas aperçu qu'elle nuisît à la peau en aucune manière. Il ne m'a pas été possible de répéter l'expérience de la mouture faute de marron ; mais si elle réussi aussi bien que l'on me l'a assuré, ce moyen sera agréable aux maîtresses de maisons économes, et pourra faire même une petite branche de commerce, vu le prix élevé de la pâte d'amande, qui coûte 28 sous la livre. Il en serait peut-être de même de la farine de fèves, et de quelques autres grains que l'on a pas pensé d'approprier à cet usage.

De la Farine de pommes de terre par dessiccation et par extraction , d'après le systéme de Cadet-de-Vaux (1).

Après avoir lavé et fait cuire à la vapeur les pommes de terre, on les pèle toutes chaudes, si l'on veut éviter une légère piqûre grise à la farine , ce qui ne l'altère cependant pas; on les coupe ensuite par tranches ou ruelles (2), pour les sécher au four après avoir

---

(1) Voyez l'Ouvrage qui a pour titre: *Moyen de prévenir le retour des disettes,* vol. in-8.º, par A. Cadet-de-Vaux; prix 4 fr. et 4 fr. 50 c., franc de port; Paris, Colas, 1812: il se trouve au Magasin d'Inventions, rue de Bussy, n.º 19, à Paris.

(2) Je viens d'imaginer un Moulin propre à découper les pommes de terre avec une extrême promptitude ; son prix sera modique pour les ménages, et comme il est propre à découper toute espèce de légumes crus pour les bestiaux, il sera exécuté dans de plus grandes dimensions; pour cet usage, son système diffère de tous ceux imaginés jusqu'à présent pour le même objet.

défourné le pain ; cette préparation faite, « le moyen le plus simple (dit M. Cadet-de-
» Vaux), de réduire notre pomme de terre desséchée en farine et gruau, c'est de la mou-
» dre. Mais ici nous avons l'avantage de nous passer du meunier, et de faire rentrer cette
» opération dans le cercle de celles qu'embrasse l'économie privée, en lui procurant un
» moulin dont elle obtiendra au jour le jour les produits. » En effet, notre moulin de
ménage remplit parfaitement ce but ; en ayant soin de desserrer la vis de pression, l'on
moud d'abord en grosse, ou plutôt l'on concasse, ensuite resserrant la vis par degré, il
résulte différens genres de riz et gruaux, plus, de la farine fine que l'on sépare à l'aide du
bluteau ordinaire. D'après ce procédé, la pomme de terre est sous sa forme naturelle,
c'est-à-dire qu'elle est composée de toutes ses parties, excepté son eau de végétation, ce
qui la prive de son âcreté désagréable.

La farine de pomme de terre par extraction, comme la nomme M. Cadet-de-Vaux, se
fait en rapant la pomme de terre crue (*), et en séparant par le lavage la fécule du
parenchyme et l'eau de végétation de ces deux produits. Avant M. Cadet-de-Vaux, l'on
était dans l'usage de jeter le parenchyme après l'extraction de la fécule ; c'est cet ami de
l'humanité qui a découvert ses principes panifiables : il faut savoir que la pomme de terre
rapée est ensuite lavée dans un tamis pour précipiter au travers la fécule qui n'est pas dis-

____

(*) J'ai ajouté quelque perfectionnement au   moulin rape-de-burette, approuvé par la Société
d'Encouragement ; cette machine moud 25 septiers de pommes de terre par jour, en employant deux
hommes et un enfant ; une seule suffit à une manufacture ou à une commune. Leur prix est de 400 fr. ;
plus forte 500 fr. au Magasin d'Inventions. Je viens d'en imaginer une petite à la portée des ménages,
que je publierai incessamment, et le modèle de la grande paraîtra dans les numéros de cette année.

solvante à l'eau froide. Le parenchyme reste seul dans le tamis ; il est ensuite pressé pour en faire sortir le plus d'humidité possible avant de le dessécher entièrement au soleil, à l'air ou à l'étuve : « Séché au four, écrit M. Cadet-de-Vaux, il a une saveur légèrement » sucrée, tandis que la fécule est l'insipidité même ; c'est cette saveur sucrée qui m'a fait » présumer avec raison que le parenchyme était le principe de la fermentation pannaire » de la pomme de terre ». L'on voit, par ce court exposé, que le parenchyme est suscep- tible d'entrer en combinaison avec les farines des céréales que l'on consomme ordinaire- ment en pain, et qu'il est même dans le cas d'améliorer les farines les moins panifiables. Le parenchyme se plotte en séchant et devient même fort dur ; il faut donc le remoudre à sec pour le pétrir avec les autres farines ; c'est ce qui se fait aisément avec notre moulin, en le concassant d'abord moyen, et le remoulant ensuite aussi fin que possible.

Des Réparations et Entretiens du Moulin de ménage.

Malgré sa solidité, notre moulin à bras est susceptible de s'user ; ne sait-on pas que l'eau, qui tombe goutte à goutte, finit au bout d'un certain temps par percer le rocher le plus dur. Les meilleurs moyens de conservation sont de ne pas le mettre dans un lieu trop humide, car le fer et l'acier s'oxident promptement. Les grains que l'on moud doivent être bien secs et par la même raison bien vannés. La petite boîte fig. 9, dans laquelle tourne l'arbre, doit être graissée de temps à autre avec du suif ou du vieux-oing. La douille du boisseau, côté de la manivelle, est percée d'une lumière, pour y introduire de l'huile d'olive avec une plume ; en un mot, il ne faut jamais souffrir que le moulin crie en moulant. Lorsque l'ouvrage sera fini, l'on videra le reste du grain en ouvrant la soupape et dé- tournant la manivelle à l'envers, après quoi il sera bon de couvrir le tout d'une grosse toile.

La propreté exige que la poussière ne puisse s'introduire dans les trémies ni dans le moulin ; il faut aussi observer de ne pas trop serrer la vis de pression ou régulateur de la mouture, et si l'on voulait moudre très-fin, de ne la serrer qu'au fur et à mesure que l'on tourne la manivelle en même-temps que le grain commence à se moudre : au reste, j'ai suffisamment expliqué ci-devant la mouture de chaque grain. Lorsque les dents seront émoussées, il faudra démonter la noix et le boisseau, en détachant les différentes pièces qui y sont fixées par des vis ou des goupilles, faire ensuite chauffer la noix et le boisseau, séparément, à la forge du serrurier ou du maréchal de l'endroit, et à leur défaut dans un fourneau au milieu du charbon de bois ; il faut avoir soin de souffler jusqu'à ce que la pièce soit seulement rouge-cerise, après quoi la laissant refroidir d'elle-même, l'on pourra la limer avec un tiers-point (lime à trois quarts), comme l'on lime une scie ; cette opération est bien plus simple que le rabillage et repiquage des meules de pierre, ce que les meuniers refusent toujours de faire pour un particulier, au-lieu que le relimage peut être fait au défaut du serrurier par un menuisier, charpentier, scieur-de-long, charron, ou même par le premier valet qui sait limer une scie : après cette opération, l'on fait réchauffer les pièces séparément, au même degré, et l'on les saisit dans un baquet d'eau froide, en ayant soin de les tourner plusieurs fois sans les sortir de l'eau, jusqu'à ce qu'elles soient refroidies entièrement. Les pièces étant trempées de la sorte, on les essuie ou sèche à l'air avant de les remonter. La noix et le boisseau sont d'une forme et d'une disposition qui permettent de les relimer à l'infini. Comme cette opération se fait très-rarement quand le moulin ne sert que pour une famille de dix à douze personnes, c'est un meuble qu'un père peut léguer à ses enfans.

N.º XIII.

NOUVELLE CHARPENTE

Approuvée par l'Institut, et perfectionnée sur le systême de Philibert de Lorme.

Echelle de 2 lignes pour pied.

S'IL est intéressant d'éviter une trop grande consommation de bois dans nos foyers domestiques, il ne l'est pas moins d'économiser celui de construction, beaucoup plus précieux
encore. Cependant les propriétaires, qui sont les personnes les plus intéressées à cette
branche d'économie, paraissent l'avoir totalement perdue de vue. Quelques personnes esti-
mables, qui consacrent leurs veilles au bien général, ont seules proposé différentes inventions
pour diminuer ces forêts de bois que l'on enfouit bien inutilement dans nos bâtimens. Au
nombre de ces derniers, nous remarquerons M. Cointeraux, qui, après avoir consacré sa
vie et son bien à différentes découvertes, fait paraître une nouvelle charpente qu'il croit
propre, outre son économie, à préserver les maisons d'être totalement la proie des incen-
dies; cette charpente a encore l'avantage de rendre les greniers beaucoup plus vastes, et
pour ainsi dire aussi habitables que les pièces ordinaires : tant de commodités réunies nous
ont décidés à en publier un modèle, dont voici la description :

N.º 1, les murs latéraux; 2, les sablières, de deux pouces d'épaisseur seulement; 3, l'un des murs latéraux vu à l'extérieur; 4, cerches formées de plusieurs planches en chêne ou sapin de 12 à 15 lignes d'épaisseur, réunies par des clous rivés; ces cerches se placent à 3 pieds 3 pouces de distance l'une de l'autre; 5, tasseaux cloués aux joints des cerches; le premier rang est traversé par une perche qui fait scellement dans le mur; le deuxième rang porte les chevrons, qui prennent naissance entre les troisièmes tasseaux; 6, petit ceintre qui attache les cerches par le haut, et corrige en même-temps la forme de l'ogive; 7, traverses qui maintiennent l'écartement des cerches, sans les affaiblir par des entailles, comme à la charpente de Philibert Delorme; 8, faux chevrons; 9, les maîtres chevrons; 10, chanlatte; 11, couverture de la galerie en bardeau ou en plomb; 12, balustres ou garde-fous.

Toute cette charpente, suivant M. Cointeraux, doit disparaître dans la maçonnerie et former une voûte massive. Je pense que ce moyen n'est applicable qu'aux petites largeurs: nous en avons un exemple sur la route de Vincennes, près Paris, dans l'ancienne École d'Architecture rurale, de M. Cointeraux, où une maisonnette de 18 pieds de long, sur 12 de large, est couverte de cette manière; mais il serait à craindre, dans une plus grande largeur, que le poids de la voûte pousse les murs à l'extérieur. L'intention de l'auteur, en maçonnant sa charpente jusqu'à la clef, est de la garantir du feu; mais il me semble qu'en continuant la maçonnerie jusqu'à l'angle de 25 degrés seulement, et plafonnant ensuite le reste des fermes, elles seraient également hors des atteintes du feu, sans être susceptibles de pousser les murs. Afin de mettre le lecteur en état de juger ce différent, voici la méthode de M. Cointeraux, comparée à la charpente ordinaire. Pl. 6, fig. 1ʳᵉ, coupe de l'ancienne charpente sur sa largeur : A , A , sablières ; B , B , tirans ; C , C , plates-formes ; D , D , chevrons ; F , F , l'entrait, pièce de bois fort incommode dans les bâtimens de petite largeur, vu qu'elle interdit souvent le passage d'une ferme à l'autre. Il est aussi aisé de remarquer que l'espace comprise depuis l'entrait jusqu'au faîtage est tellement étroit et encombré de bois , que cette place devient presque nulle pour l'emplacement des fourrages : si l'on ajoute ensuite que la pente subite des chevrons et la saillie des pannes M , empêchent d'approcher des murs à plus de cinq pieds de distance, si l'on veut éviter de se cogner la tête , il sera facile de reconnaître leur incommodité et d'apprécier l'avantage du nouveau toît , en comparant l'espace qu'il procure sur l'ancien , par la courbe H , I , K , fig. 1re, qui forme son berceau , L , L , les murs latéraux surmontés de la charpente , sans être liés avec elle, fig. 2. La même vue dans la pente du toît , pour faire connaître plus clairement la grande quantité de bois employé à sa construction. A , A , sablières ; B , B , tirans ; C , C , plates-formes ; D , D , D , chevrons ; F , F , entraits ; M , M , panne ; G , G , le faîtage ; E , E , petite maçonnerie pratiquée par de certains entrepreneurs , et qui laisse au grenier des courans d'air fort désagréables.

Examinons le nouveau toît : fig. 3 et 4, naissance de la pente du toît ; B , tirans ; 2 , 2 , les murs latéraux élevés d'à-plomb jusqu'à la ligne 55 qui sert de diamètre aux cerches ou fermes de la nouvelle charpente ; 7 , sablière et commencement des ceintres en planches ; 18 , les gros voussoirs qui finissent à l'angle de 45 degrés, désigné par un rayon ponctué partant du centre 10 au point 11 , fig. 3 ; et de 12 à 13 , fig. 4 ; à gauche les mêmes lignes n° 15 ; 14 , les petits voussoirs depuis 3 jusqu'à 8 ; 6 , assemblage des cerches avant d'être maçonnées; 17, petite coupe verticale faite aux planches pour laisser plus d'épaisseur aux moëlons qui passent derrière; 19, chevrons en planches sur champ: voir le modèle; 20 et 21, traverses que l'on peut clouer aux ceintres et aux chevrons pour plus de solidité; N, O, espaces perdus entre les chevrons et les ceintres.

Pour faire suite à la description de cette planche, je crois nécessaire de transcrire ici le rapport de l'Institut sur cette nouvelle charpente.

RAPPORT FAIT A L'INSTITUT

Sur le nouveau toît du sieur Cointeraux, par MM. Prony, Directeur des écoles physiques et mathématiques, et Monge, Sénateur.

(Séance de la première classe du lundi 3o juin 1806).

La manière dont on dispose dans l'Europe les pièces de bois pour la composition de la charpente des édifices, n'a pas éprouvé depuis long-temps des changemens considérables. Tout à cet égard, s'est presque borné à faire un meilleur emploi des bois, à diminuer le nombre des pièces, et à simplifier la main-d'œuvre.

Lorsque dans le douzième siècle, le goût de l'architecture gothique se fut généralement répandu, on voulut, à moindres frais, imiter les belles nefs qu'on admirait dans les grandes cathédrales ; on les fit en charpente ; les voûtes étaient traversées à leurs naissances par des poutres nommées entraits, et ces entraits eux-mêmes qui, par leur grande portée, auraient fléchi sous leur propre poids, étaient retenus au faîte par des poinçons verticaux qui les saisissaient par le milieu, au moyen d'étriers de fer ; mais ces pièces ôtent toute la grâce aux édifices : on les supprima, et on eut recours aux contreforts en maçonnerie placés en dehors de ces monumens : ces contreforts vinrent aussi jeter du désordre dans l'ordonnance architecturale.

La charpente que deux habiles architectes français (MM. Molinos et Legrand), employèrent d'après Philibert Delorme, pour la couverture de la halle-au-blé de Paris, était faite dans le but de supprimer ces pièces de bois, qui traversaient si désagréablement le diamètre des voûtes de ces monumens; cette expérience nous a donné quelques lumières qui ne doivent pas être perdues; elle nous a appris que dans cette position, les bois sont exposés à se tourmenter d'une manière particulière; ceux qui étaient placés du côté du midi, ont été rendus par l'action du soleil, plus flexibles que ceux qui étaient au nord; ils ont fléchi en effet, et le limbe de l'ouverture supérieure qui avait été placé dans une position horizontale, avait baissé considérablement du côté du midi, au point de donner de l'inquiétude. L'avantage que présente une semblable couverture, en rendant disponible tout l'espace qui se trouve sous la voûte, a déterminé d'autres architectes à suivre ce procédé : mais il en est résulté de graves accidens, au point que plusieurs murs ont, par la chute de ces toîts, été eux-mêmes renversés.

M. Cointeraux, qui a connaissance de tout cela, propose, pour les bâtimens d'une largeur peu considérable, de corriger les inconvéniens ci-dessus rappelés : ces avantages sont, comme nous l'avons dit : 1.º d'offrir sous la couverture de plus grands espaces disponibles, non interrompus par des fermes et des cloisons, ce qui augmente l'étendue et l'utilité de l'habitation ; 2.º d'employer de petits bois d'une valeur médiocre, surtout auprès d'une grande ville comme Paris, où le déchirage des bateaux, et des démolitions de tout genre, en fournissent à des prix modérés.

Pour corriger les inconvéniens, il propose d'abord d'employer des voûtes à cintres surmontés, dont la pression latérale est moindre, et procure encore plus d'espace. De plus, plaçant les gouttes du toit de quelques pieds plus haut que les naissances de la voûte, et élevant des murs jusqu'à cette hauteur, il donne à ces murs plus de poids et par conséquent une résistance plus grande. Enfin il propose, en construisant cette partie supérieure des murs, de construire en même-temps au-dessus des naissances et entre toutes les fermes, soit en maçonnerie, soit en pisé, une partie de la voûte vers le point du cintre dont la normale est inclinée à 45 degrés. Cette espèce de coussinet, rendue stable au moyen de tasseaux cloués sur les faces latérales des fermes, ne peut pas glisser; mais la verticale qui passe par son centre de gravité, tombe au-dedans de l'espace du bâtiment, ou du-moins très-près de la face du mur, et il en résulte une pression latérale, dirigée en-dedans, qui résiste à la poussée de la voûte.

Nous avons vu à Vincennes une maison ordinaire que l'auteur a fait bâtir il y a quelques années, en pisé, avec beaucoup d'économie, et qu'il a couverte de cette manière; tout y est habitable jusque sous la couverture, et elle nous a paru être suffisamment solide.

Nous pensons que le procédé présenté par M. Cointeraux est d'une solidité suffisante pour les bâtimens d'une largeur médiocre, qu'il augmente les espaces utiles dans les habitations, et qu'il peut être employé par les propriétaires qui ne peuvent ou ne veulent pas faire une dépense plus considérable.

Fait au Louvre, lesdits jour et an. *Signé* PRONY et MONGE, rapporteurs.

La Classe approuve le rapport et adopte les conclusions.

Certifié conforme à l'original.   A Paris, le 1er juillet 1806.

Le secrétaire perpétuel, *signé* DELAMBRE.

7

Seize mois après ce rapport, le zèle de l'auteur fut animé de nouveau par les terribles
ravages de la tempête du 18 février 1807 , qui ruina en partie plusieurs propriétaires de
Paris et de ses environs, en enlevant des toits entiers. L'ancienne charpente étant posée
en équilibre sur les murs, ainsi que nous l'avons remarqué, pl. 6, fig. 1re, il avait d'abord
publié l'année d'auparavant un traité de sa charpente, dont la deuxième édition était
épuisée. Il y fit alors quelques perfectionnemens que l'expérience lui fit reconnaître
nécessaires : c'est le modèle de ce toit perfectionné, dont j'ai donné ci-dessus la description. J'y ajoute une gravure pour bien faire connaître la manière de construire en
grand, d'après le système de M. Cointeraux, qui établit la forme d'un toit de 16 pieds
de large, et pour la hauteur il prend le sommet d'un triangle équilatéral ; voyez cette
figure, planche 7, K, Y, K; A, demi-cercle ogive, formé par plusieurs planches clouées
à plats joint du milieu au milieu des autres planches entières, c'est-à-dire, que le côté A
B, C, D, E, F, I, se compose de cinq pièces doublées et montées sur quatre autres
semblables à la dernière cerche à droite, dont les mêmes joints B, D, F, sont ponctués
à gauche sous les mêmes lettres. B, le premier tasseau traversé par une perche (voir le
modèle); D, le second tasseau cloué au chevron M ; F, le troisième à la naissance
d'une petite portion de cerche G, qui fait disparaître la pointe trop aigue de l'ogive, et
consolide en même-temps le cintre en planche déjà fixé par des clous à la cime H, I
Il faut remarquer que les cerches sont plus larges par le bas ; à cet effet, l'auteur conseille
de se servir de bouts de planches, nommés vulgairement talons par les marchands de bois,
ou de réserver pour cet usage les plus larges planches que l'on cintrera seulement en-
dedans, et dont chaque extrémité sera coupée au centre des grands cintres, ainsi que

le désigne la ligne ponctuée K , R , qui traverse la perpendiculaire Y, etc., au point L , centre du petit cintre F , Y , F. Cette charpente légère est portée par les murs O , O , qui continuent en moëlons entre les planches perpendiculairement à l'extérieur de P en Q, cintrée en-dedans et continuée dans la pente du toît de Q en H, avec des matériaux plus légers, ainsi que la petite galerie N, dont la couverture D, D, doit être en bardeaux ou en plomb ; X , X , coupe du garde-fou ; T , couverture en tuiles ; V , chaulatte formant égoût, ce qui est très-nécessaire aux couvertures pour éloigner les eaux pluviales du pied des murs.

~~~~~~

N.° XIV.

CABANE GAULOISE

Propre à la décoration d'un site marécageux.

Echelle de 2 lignes pour pied.

Si la nature toujours sublime dans ses travaux, avait produit à la suite d'un bois touffu, dans un endroit borné par quelques collines, une espèce de petite île entourée de marécages, la cabane que représente ce modèle ferait un effet merveilleux, en reportant l'imagination vers les temps de simplicité, où nos pères ne connaissaient d'autres besoins que ceux de se garantir de la faim, des intempéries et des animaux sauvages auxquels ils faisaient une guerre souvent profitable. En effet, cette maisonnette construite en bois, terre grasse et recouverte en paille ou roseaux, était la forme ordinaire des maisons de Paris, ou plutôt de Lutèce, premier nom de cette capitale, dont toute l'étendue consistait alors en l'île de la Cité, aujourd'hui du Palais ; voyez le plan figure première (*). L'on peut démonter le toit du modèle qui est percé d'une ouverture circulaire, ainsi que le plancher dans l'intérieur, le dessous de ce toit forme la voûte, ce qui se peut faire aisément avec la charpente décrite au numéro précédent. Les deux ouvertures circulaires qui traversent le toit et le plancher de notre cabane servaient aux Gaulois pour l'évaporation de la fumée ; les cheminées leur étant inconnues, ils faisaient du feu au milieu de la pièce, et la fumée vagabonde s'échappait comme elle pouvait, ce qui n'était pas sans danger, quoiqu'en disent quelques auteurs, comme on va le voir par ce qu'en écrivait l'Empereur Julien, l'an 36o. « Je » passai l'hiver, dit l'Empereur, dans ma chère ville de Lutèce : elle est située dans une » petite île, et l'on y entre de l'un et l'autre côté par des ponts de bois. Le fleuve qui l'envi- » ronne croît et déborde rarement ; il fournit une eau très-agréable et très-pure à boire ; » l'hiver est fort doux en ce lieu : il y croît de très-bonnes vignes, même plusieurs figuiers, » que les habitans savent élever avec art, et garantir du froid avec de la paille de froment ; » cependant, l'hiver de cette année fut rigoureux plus qu'à l'ordinaire, car le fleuve char- » riait avec ses eaux, des croûtes semblables au marbre. Plusieurs de ces croûtes se joignant » et s'amoncelant, ressemblaient à des montagnes, et paraissaient devoir former un pont. Me » trouvant alors d'une humeur austère et non-traitable, je ne pouvais souffrir que l'on chauffât » ma chambre, parce que les habitans ont l'habitude de chauffer les maisons avec des fourneaux,

(*) Le plan de format in-folio est dessiné avec beaucoup de soins à vol d'oiseau. On y voit très-distinctement les prés, vignes, bois, blés, marais, montagnes, et les temples des Dieux payens, qui étaient révérés à cette époque. Ce plan curieux étant dispendieux, et méritant d'ailleurs d'être encadré, se vend séparément de l'ouvrage, 8 fr. avec le modèle en relief de la cabane.

7*

» ce qui est assez commode. Voulant donc m'accoutumer à supporter le froid, par une
» espèce de dureté à moi-même, je refusai ce secours si nécessaire dans une saison si fâcheuse.
» Le froid qui augmenta m'obligea à faire apporter dans un réchaud un peu de charbon al-
» lumé : ce feu fut mis au milieu de ma chambre , par la crainte qu'une grande chaleur fît
» fondre l'humidité qui avait gelé et qui s'était attachée aux murs ; mais cette précaution
» fut inutile, parce que le réchaud produisit des vapeurs si grossières, que j'aurais étouffé si
» au plus vite on ne m'eût emporté de ce lieu ».

Cette lettre naïve prouve que les cheminées étaient alors inconnues aux Gaulois, et même
aux Romains. S'il en eût été autrement, Julien n'aurait pas cherché à se servir d'un chauffage
aussi incommode que dangereux; mais revenons à l'origine de Paris, que l'on peut regarder maintenant comme la capitale des beaux-arts. Gomer, fils de Japhet et petit-fils de Noé, en sa qualité
d'aînesse, choisit pour son héritage le climat le plus doux et le plus tempéré ; c'était celui
des Gaules, dont les peuples s'appelèrent Gomérites, à l'imitation de son nom, et que les
Grecs nommèrent ensuite Galates, à cause de la famille de Noé qui avait descendu dans
les Gaules au moyen de l'arche; c'est l'origine des armes de Paris, représentant un vaisseau,
devise de nos pères, le nom de Gaulois voulant dire en langue syriaque et chaldaïque, *un
homme exposé sur les eaux*. C'était cinquante-huit ans après le déluge que quelques
hommes sauvages errèrent dans ces contrées et logeaient dans des cavernes ou dans le creux
des arbres. La population allant toujours en croissant, il fallut bientôt créer de nouveaux
abris; c'est sans doute à l'imitation d'un de ces troncs d'arbres, creusés par les mains du temps,
que nos anciens Gaulois construisirent la cabane circulaire que représente notre modèle.
L'homme, qui est naturellement imitateur et routinier, fit peu de changemens pendant plu-

sieurs siècles à cette forme primitive; mais le besoin de vivre en société, et la sûreté per-
sonnelle, firent que tous ceux d'une même lignée habitèrent les uns auprès des autres. Les familles
les plus nombreuses formant de grandes peuplades prirent le nom de *cité*, et les moindres
celui de *pagi*, qui veut dire *canton*. Il y avait néanmoins de ces pagis qui commandaient à
plusieurs autres inclus dans leur territoire, lequel comprenait une certaine étendue de terrain
qu'il leur était défendu de dépasser. Cependant ces pagis réunis étant plus forts par leur union et
leur nombre, se distinguaient souvent des petits états circonvoisins en les forçant de reconnaître
leurs lois. Ce peuple, devenant de plus en plus nombreux, résolut de bâtir une ville pour
servir d'assemblée sur un seul point de réunion à tous les chefs de cité et pagi, afin de déli-
bérer en commun sur les intérêts de la nation. L'île formée par les deux bras de la Seine,
aujourd'hui la Cité, fut généralement choisie, soit pour sa situation agréable, soit par la
force de sa position, vu qu'elle était entourée de marais presqu'inabordables, ce qu'il est
aisé de reconnaître par le plan. Ce lieu se nommait *Lutecia*, *Lucetia* ou *Leucotecia*. La
ville fut donc nommée Lutèce. Duchêne (*) prétend que ce nom est tiré de *lutum*, qui
signifie boue et fange. Jules César dit que cette ville n'était que palus, à cause de ses marais.
Effectivement, il existe encore aujourd'hui un carrefour, au bout de la rue Galande, que
l'on nomme Marché-Palu. Quelques écrivains prétendent que Lutèce vient de *Luce*, nom
d'un roi des Gaulois; d'autres veulent que ce soit de *luto*, qui signifie aussi boue et fange.
Ces derniers s'appuient du Marché-Palu, où tous les ruisseaux vont aboutir, et qui existe
depuis la fondation de la ville. Enfin il y en a qui croyent que Lutèce vient de *leucotia*, qui

---

(*) Antiquités et Recherches des Villes.

veut dire blanchie en langue grecque. La ville, disent-ils, étant située près des carrières à plâtre, doit nécessairement avoir pris le nom qui tient à l'extrême blancheur de ce minéral; puis ils ajoutent que les habitans de cette contrée étant naturellement blancs, les premiers fondateurs se sont accoutumés à prendre et à retenir le nom de Lutèce.

Quant au caractère de la nation, il n'a pas dégénéré; c'est toujours le même, à quelques modifications près, résultant de la civilisation. Platon reproche aux Gaulois l'intempérance du vin qu'ils buvaient, parce qu'il les faisait dormir ou les rendait comme des forcenés. « Ils » se levaient de table, dit-il, pour la moindre parole, se défiaient au combat, hasardaient leur vie » sans discrétion ». Les Français de nos jours ont le même défaut et le même courage. C'est surtout la classe ouvrière des Parisiens qu'il faut voir les fêtes et dimanches, après avoir travaillé d'assidu toute la semaine à des travaux souvent fort pénibles : la famille se rassemble le samedi au soir dans un cabaret, lorsque c'est la paye, et commence un souper dont le vin frelatté et le petit salé font les principaux frais. La matinée du dimanche est employée à la toilette et au paiement des dettes de la semaine; ensuite le père, la mère et les enfans partent pour la guinguette. Là, s'asseyant à une table de bois de bateaux, non blanchie et à-peine recouverte d'une grosse serpillière, ils savourent à longs traits le divin Surène, c'est-à-dire une espèce de vinaigre aigrelet capable de faire danser les chèvres, comme on le dit vulgairement. Quant à la bonne chère, c'est le plus souvent du veau coriace fricotté de diverses manières ou rotis, et dandinant dans une sauce d'eau de vaisselle, ou bien d'excellens civets de chats que les chiffonniers de la capitale ont soin de réserver pour ces jours solemnels; au-moins ces lapins ne méritent-ils pas les reproches de Boileau : *Ils sentent encore les choux qui les ont nourris.* L'on pensera peut-être qu'une folle gaieté les dédommage d'une si grande frugalité : point du tout, des chansons les plus froides, sur une morale triviale, et par fois des complaintes à faire mourir d'ennui, font tous les plaisirs de ces banquets. N'est-ce pas une chose surprenante et remarquable près des chefs-d'œuvre de Rousseau, de la musique de Grétry et de Boyeldieu, des charmans opéras de M. Etienne, etc., etc., qu'il naisse de semblables productions, adoptées par le seul mérite de la nouveauté? C'est surtout sous le dernier règne que nous avons été témoins de ces écarts du goût d'un peuple que l'on dit être éclairé ; mais heureusement une nouvelle ordonnance vient de mettre un terme à ces déplorables dépravations, en défendant de vendre dans Paris aucuns couplets qui ne soient chantés sur les théâtres. C'est en même-temps protéger les bonnes mœurs, puisqu'il n'y paraît jamais rien d'indécent. Mais revenons à nos convives, et parlons de leur galanterie qui est en même-temps un mélange bizarre d'innocence et de débauches. La jeune et simple ouvrière se livre à la danse sous les yeux de ses parens, et déploye, au son d'un mauvais crin-crin, toutes les grâces que la nature lui a départies, car elle saute avec légèreté plutôt qu'elle ne danse ; mais sa gaieté est charmante ; le sourire incessamment sur les lèvres, et les yeux remplis d'une vivacité et d'une expression si séduisante qu'il est impossible d'y résister. Les Françaises seules possèdent cet avantage sur les femmes des autres nations ; cependant leurs traits n'ont rien de cette régularité, de cette proportion qui caractérise la vraie beauté. Leur figure est ordinairement chiffonnée, leur nez retroussé ; mais en récompense, elles ont la grâce et une fraîcheur des plus éclatantes. Leur taille élégante et voluptueuse est encore relevée par une mise pleine de goût qui ferait même envie aux femmes de la Grèce. La dernière ouvrière copie, autant qu'il lui est possible, avec sa simple toile d'orange, l'accoutrement de la dame qui va en voiture, et souvent cette dernière envie la fraîcheur de l'autre ; néanmoins, elles se rencontrent souvent dans les mêmes lieux de plaisance, et partagent les mêmes amusemens. C'est une chose char-mante de voir quelquefois les rangs se confondre et presque s'oublier ; cela se passe, à-la-vérité, dans des endroits plus distingués que le cabaret que j'ai cité ci-dessus. Les réunions dont je parle ici, se composent de marchands, d'honnêtes artisans, de commis et d'étudians, qui ne manquent pas d'amener chaque dimanche de ces jolies ouvrières qui sont trop fières pour épouser de simples compagnons, et pas assez riches pour ces messieurs ; dans notre cabaret, c'est au contraire la dernière classe ouvrière. C'est là où il s'élève quelquefois de ces querelles à la suite des danses ou de l'ivresse, et presque toujours par la faute de quelques filles publiques : il est même étonnant que la police n'ait pas songé à faire cesser ces vexations ; car cette vermine a tant d'effronterie, qu'elle se répand dans toutes les classes de la société, en empruntant la mise, affectant souvent les manières des femmes honnêtes, ce qui est cause que l'on insulte quelquefois ces dernières, d'où il peut résulter des querelles sanglantes parmi des gens d'un certain rang. Pour la basse classe, ces différends se vident par quelques coups de poing qui ont rarement des suites fâcheuses. L'on prétend que les Gaulois étant de haute taille, méprisaient les Romains qui étaient fort petits. Tout ce que je puis assurer, c'est que les Parisiens d'origine sont maintenant très-petits, mais passablement forts.

Diodore dit que les Gaulois avaient grand soin de leurs longs cheveux blonds, ceux d'aujourd'hui sont la plupart bruns et ont grand soin de faire couper leurs cheveux comme des militaires. Le même auteur dit que, de son temps, ils se faisaient la barbe ; quelques-uns la portaient un peu longue. Les chevaliers se rasaient seulement sur les joues, et la laissaient tellement croître au menton, que le devant de leur corps en était tout couvert. Ils portaient d'ailleurs un accoutrement velu et de diverses couleurs, pour paraître plus terribles ; cet accoutrement s'appelait bracches; c'était des soyons rayés de draps épais pour l'hiver, et de draps légers pour l'été. Strabon s'accorde à dire que les Gaulois avaient les mêmes cheveux que nous désigne Diodore, que leurs soyons ou vêtemens étaient rudes et velus, leurs hauts-de-chausse longs avec un manteau qui descendait à la moitié des fesses; Diodore ajoute : « L'or se trouve facilement dans les Gaules, ce qui fait que les hommes et les femmes portaient « des anneaux d'or aux doigts, des bracelets aux bras, des carcans sur le sein, des ceintures « d'or, des chaînes au col et même sur leurs soies ». Marcel (*Origine des progrès de la Mo-narchie française*), s'exprime à-peu-près dans les mêmes termes, et ajoute : « Mais ceux » qui se trouvaient avoir la souveraine puissance se distinguaient par une couronne ou dia-» dême enrichi de pierreries ».

Les habitans de Paris s'appelaient chevelus, leur habitude étant de tordre leurs cheveux et de les jeter du front sur les épaules, ce qui les faisait ressembler à des satyres. Tacite dit qu'ils étaient vêtus d'une soie attachée par une boucle ou une épingle, et qu'étant presque nus, ils se rangeaient toute la journée autour du feu. Les riches avaient des vêtemens si justes au corps, que l'on apercevait chacun de leurs membres; ils portaient aussi des pelisses de bêtes sauvages auxquelles ils ajoutaient des mouchetures. Les femmes n'avaient guères d'autres accoutremens, excepté qu'elles employaient plus souvent le lin bigarré d'écarlatte; elles avaient les bras nus ainsi que la gorge jusqu'à la poitrine. César a prétendu que les Gaulois se peignaient avec du pastel pour se rendre plus horribles lorsqu'ils allaient au combat, et il ajoute qu'ils portaient leurs cheveux et se rasaient tout le poil, hors celui du chef et de la lèvre supérieure. Virgile écrit que les Gaulois portaient des aubergeons ou chemisettes de grosse laine faites à l'aiguille, et pour chaussures, des galoches. Nos Gaulois, dit Cicéron, s'efforcent de laisser croître leurs perruques longues; car, selon eux, c'était un opprobre de se faire tondre les cheveux ou la barbe. En effet, nous voyons Chilpéric faire tondre injustement les cheveux à son fils Mérovée, croyant, dit l'historien, le mettre par là hors d'état de pouvoir jamais briller dans le monde. Cicéron ajoute : Pour gîte, la terre leur suffisait, et quand ils voulaient boire et manger, ils faisaient des siéges avec des bottes de paille. On trouve ailleurs qu'ils s'asseyaient également à terre après avoir étendu des peaux de chiens ou de loups. A l'égard de l'accoutrement de tête, les femmes se coiffaient à-peu-près comme celles de Poissy, et les hommes portaient des bonnets s'ils étaient pères de famille; mais s'ils étaient serviteurs, ils avaient des chapeaux ou bien ils allaient tête nue. Les Druides ou prêtres gaulois ne se mariaient pas; leur costume consistait dans de longues robes marquetées et peintes d'or : c'étaient des espèces de prétextales romaines. Suivant Marcel, leurs chaussures étaient des sandales en bois de forme pentagone; à leur col était un carcan d'or fin; ils avaient une longue barbe et une longue chevelure qui leur donnaient un air vénérable; personne n'était admis dans leur sénat qu'il n'eût la barbe grise, soit qu'elle fût venue naturellement ou par artifice. Ils logeaient parmi les bois, dans des maisons en forme de colombier, et voyageaient dans des chars branlans, nommés aujourd'hui litière, du mot latin *esseda*.

Les hommes de guerre étaient de deux sortes : les premiers s'appelaient *gésates*, du mot *gesum*, espèce de dard; les autres *solduriers*, dont est venu le nom de soldat, suivant Marcel; mais Ménage prétend que soldat vient de *soldato*, italien dérivé de *solida*, à cause de la solde qu'on paye aux soldats; ou de *soldurius*, selon Nicod; au-lieu que Pasquier veut qu'il vienne du vieux mot des Gaulois qui disait *soaldoyer*, puis souldard; enfin l'on a dit soldat ou de solde, paiement d'un homme de guerre. Les *jésates* étaient mercenaires; mais les autres s'engageaient par un serment réciproque de combattre et de mourir ensemble. Isidore rapporte que les Gaulois portaient à l'armée un vêtement nommé sagum, broché d'or et d'argent, et bigarré de diverses couleurs; il fut ensuite nommé carré, parce qu'il était formé de quatre pièces. Il pense que c'est le même qui a dégénéré par la suite en casaques, puisque les Francs qui s'établirent dans les Gaules, s'étant liés étroitement, et même unis avec ceux du pays, le trouvèrent si bien à leur gré, qu'ils le préférèrent à leur habit.

Après la guerre, la chasse, dont ils se nourrissaient, était la plus grande occupation des Gaulois; leur cuisine consistait en des pots pleins de viande rangés autour du feu, et dont ils donnaient les meilleurs morceaux à leurs convives. Cette viande était principalement du porc frais ou salé : les fruits sauvages, le fromage, le laitage frais ou caillé étaient aussi fort en usage. Leur boisson était une espèce de bierre faite d'orge et de froment trempés dans l'eau, excepté les habitans des rives qui achetaient du vin. Leur vaisselle était en terre cuite massive, sans vernis et grossièrement travaillée, n'ayant pour tout ornement que quelques fleurons. Quant à leur construction, César raconte dans ses commentaires que les loges du camp de Cicéron (frère de l'orateur) étaient couvertes de chaume à la manière gauloise, et que la plupart des maisons des gentilshommes et chevaliers gaulois, se trouvaient plutôt dans les bois qu'auprès des rivières, pour s'exempter de la chaleur et prendre le frais en été. Ces habitations étaient pourtant construites comme celles du peuple, à l'exception qu'elles étaient un peu plus recherchées, y ayant employé des ais et claies aux murs, et des roseaux très-joints à leur couverture, quelquefois avec des bardeaux sur des charpentes faites aussi en forme de voûte; mais à ces sortes de toits étaient pratiquées maintes fenêtres ou

8

lucarnes. Pour les murailles des villes, elles étaient construites en bois et pierre; ils entrela-
çaient les rangs de manière que ces poutres posaient tout de leur long à deux pieds l'une de
l'autre; il ne paraissait qu'un bout, étant liées ensemble par des traverses. Leurs distances
étaient remplies par-dedans de terre et de fascine, et par-dehors de gros quartiers de pierres
sur lesquelles l'on plaçait d'autres poutres comme les premières, en continuant ainsi l'ouvrage jusqu'à la cîme, les pierres posant toujours sur les poutres et les poutres sur les pierres
en forme d'échiquier. L'ouvrage était agréable à la vue, et très-fort pour la défense, puisque le
bois résistait à l'effort du bélier, et les pierres à celui du feu. Les Gaulois ne se contentaient
pas de ces sortes de constructions; ils armaient encore le haut de leur muraille tout autour
d'un parapet, et ce parapet était garni de tours qu'ils avaient soin de couvrir de cuir.

Après la mort de Francus, fils d'Hector, dernier roi des Gaulois, il n'y eut que des chevaliers pour gérer la République; ils portaient des habits dorés, une chaîne d'or au col, des
bracelets et anneaux d'or, enrichis de pierreries ; ces chevaliers faisaient grand cas de leur
barbe et de leurs cheveux, par la crainte d'avoir l'air efféminé comme les Anglais, qui ne portaient que barbe morpionnée, la laissant seulement venir sur la lèvre supérieure, ce que l'on
appelait moustaches, du grec *moustaca*. Nos chevaliers étaient armés de la rondache à la
main, l'épée pendue au côté droit, ou le carquois fourni de flèches et d'arcs.

Le peuple était serf : lorsqu'il voulait contracter le mariage, les futurs époux devaient
avoir à-peu-près le même bien; cependant, afin que les parens ne pussent reprocher au
mari de ne pas être assez riche, la fille était libre de choisir son époux; son prétendu était
celui auquel elle présentait de l'eau pour se laver les mains avant le dîner. Suivant César, les
maris avaient une grande puissance sur leur femme et leurs enfans; ils pouvaient même les

tuer, s'ils les trouvaient en paillardise : c'était du-moins l'usage chez les Romains. Il y avait néanmoins peu d'adultères dans les Gaules, par la crainte de la terrible punition que le mari pouvait infliger sur-le-champ : au-lieu de la tuer lorsqu'il en était convaincu, il pouvait aussi tondre sa femme, la mettre nue et la chasser de sa maison, en la poursuivant dans les rues à coups de fouet en présence de ses plus proches parens, n'y ayant aucun espoir de pardon. Sa jeunesse, sa beauté, ses richesses mêmes ne pouvaient lui procurer un second mari : l'adultère ne servait point alors de dérision, et il n'y avait que les filles vierges qui pouvaient espérer de se marier ; aussi ne prenaient-elles pas un mari pour lui, mais dans le seul sentiment de jouir du mariage. Tel était l'ordre établi dans les Gaules. Néanmoins, la fertilité des femmes était inouie, au point qu'en la seule partie des habitans Belges, l'on pouvait mettre trois cent mille hommes de guerre sur pied.

Les amusemens de ce temps consistaient en des bacchanales, des danses et des festins, des vendanges et moissons, les étrennes du jour de l'an, les rois de la fève, les combats de coqs et les joûtes.

Le cadre que j'ai dû adopter pour la description des modèles, ne me permettant pas d'entrer dans de plus grands détails, je vais passer rapidement sur les circonstances auxquelles l'on attribue le changement du nom de Lutèce en celui de Paris. J'ose espérer que le lecteur sera indulgent pour les trop longues digressions et la négligence du style, en raison du sujet curieux et du peu de loisir que me laissent mes occupations pour ces sortes d'ouvrages.

Origine du nom de Páris.

2550 ans après la création du monde, le fils de Rémus, surnommé Páris, fut souverain des Gaulois, et donna son nom à la capitale. Une anecdote, aussi ancienne que douteuse, rapporte qu'Hercule voulant aller en Espagne, passa par le pays des Gaules; arrivant en une île qu'il trouva en bel air et sur la rivière de Seine, il y prit si grand plaisir, qu'il se décida à y faire bâtir plusieurs maisons; mais voulant passer outre pour faire ses entreprises et conquêtes, il laissa en cette île une compagnie de sergents nommés Parisiens, tout ainsi qu'ils se nommaient en Grèce, du côté d'Asie; ce sont ces Parisiens qui ont laissé leur nom à la ville de Paris. Une autre histoire rapporte qu'après la ruine de Troye, quelques Troyens passant par l'Allemagne, la Germanie et l'Austrasie, vinrent dans les Gaules établir leur domicile à Lutèce, en l'année 895 avant Jésus-Christ, et du nom de Pâris, fils de Priam, firent celui de Parisiens. Au reste, les avis étant très-divisés sur l'origine de ce nom, les uns prétendent que le 18.ᵉ roi des Gaulois se nommant Pâris, donna son nom à la capitale; les autres que ce nom se compose de deux mots, *para* et *Isis*, c'est-à-dire proche du temple d'Isis. Il est vrai que les Gaulois révéraient beaucoup *Isis* ou *Cérès*, protectrice des blés, à laquelle ils avaient érigé un temple à la place où l'on voit aujourd'hui Saint-Germain-des-Prés. Ce qui pourrait encore fortifier l'idée que le nom de cette déesse influa sur celui de la ville, c'est que le village d'Issy se nommait *Isiens*.

N.º XV.

PRESSE-TERRE OU CRÉCIZE,

MACHINE

Propre à faire des pierres pour bâtir avec toutes espèces de terre grasse, même végétale.

Echelle de quatre pouces pour pieds.

J E n'entreprendrai pas l'histoire des différentes machines inventées par plusieurs personnes, depuis une vingtaine d'années pour le même usage, disons seulement en passant, que M. Cointeraux est l'architecte qui a fait le plus d'efforts pour propager ces machines, et faire connaître l'économie et les avantages de diverses constructions que l'on peut exécuter avec les matériaux qu'elles procurent. Cet artiste vraiment citoyen, et plus patriote que père de famille, a consacré une longue et laborieuse vie, ainsi qu'une fortune considérable, pour répandre dans le restant de la France, les constructions de pisé en usage dans le Lyonnais, le Beaujolais et une partie du Dauphiné, comme il l'est en Chine et en Espagne. C'est ici l'occasion de tonner

8*

contre l'injustice et l'ingratitude des hommes. On a traité du pisé au nouveau Cours complet d'agriculture de l'abbé Rozier (1), dans un article concis et bien rédigé, comme le sont tous ceux de cet excellent ouvrage ; mais extrait presque totalement du traité de M. Coin-teraux, sans faire plus mention de cet homme utile que s'il n'avait jamais existé, il mérite pourtant bien que l'on cite au-moins son nom, qui se rattache comme idée accessoire à celui de pisé et d'économie maçonnique ; mais parlons des pierres factices qui sont un per-fectionnement du pisé : elles dûrent leur naissance à une lettre qu'un nommé M. Say, capitaine du génie, adjoint à l'instituteur des fortifications de l'Ecole polytechnique de Paris, écrivit à M. Cointeraux, le 24 février 1796, et dans laquelle cet officier zélé lui deman-dait, « s'il ne serait pas possible de préparer dans les places, des masses de pisé, dont » on ferait des provisions, qui seraient de la plus grande utilité pendant un siége, pour » élever rapidement des traverses ou pour réparer des parapets ». M. Cointeraux saisit cette idée avec chaleur, et n'épargna aucune dépense pour faire des pierres de terre ; ayant obtenu quelques succès, il abandonna le pisé un peu trop légèrement, suivant moi ; car je pense que ces deux manières de bâtir doivent s'accorder parfaitement, comme je le ferai voir dans d'autres numéros (2). Je fis connaissance de cet artiste au moment où il préconisait ces pierres factices ; je vis l'inconvénient de ces moules ou crécizes ; la plupart de ces machines

(1) Voyez la note 2, page 58 de la présente description.

(2) L'Art de construire en pisé, ouvrage in-8.º, orné de quantité de planches, a été recueilli par la fille de l'auteur, au nombre de quelques exemplaires, et se trouve au magasin d'inventions. Prix : 5 fr. et 6 fr. franc de port.

étaient très-lourdes à démonter, ou les pierres se cassaient en en sortant ; j'imaginai dès-lors un moule à coins dont la moitié mobile s'ouvrait diagonalement : il obtint de suite la préférence ; mais quelque temps après , les observations de M. de Mesmes , souscripteur aux conférences, me firent concevoir le perfectionnement de la nouvelle crécize (1) ou presse-terre dont je vais décrire le modèle. Il est bon de dire auparavant, que M. Cointeraux en a reconnu lui-même la supériorité, en en faisant usage pour la première fois, chez M. le comte François de Neufchâteau , à la construction d'une espèce de belvéder à trois étages, élevé sur une butte de terre rapportée dans son jardin, rue du Faubourg-Poissonnière (2), ainsi

(1) Crécize est le nom que lui donne M. Cointeraux, qui fait dériver ce mot de *créer* et *assise* , c'est-à-dire former une *assise* , un rang de maçonnerie avec de la terre qui n'était pas encore solide avant la pression. Le nouveau substantif ne se comprenant pas de tout le monde , j'ai cru devoir y substituer celui de presse-terre , ce qui me paraît préférable , vu l'usage de cette machine.

(2) Plusieurs personnes s'étant transportées chez M. le comte François de Neufchâteau , pour voir le belvéder , afin de s'assurer de la solidité des pierres factices , on leur refusa l'entrée du jardin sous différens prétextes ; la vérité est que cela pouvait bien finir par importuner M. le Comte , qui n'est pas d'ailleurs obligé de rendre son jardin public. Mais un jour les domestiques, pour se débarrasser d'un Américain que j'avais cru devoir envoyer , dirent inconséquemment que le pavillon était écroulé : je ne pus ajouter foi à cette fausse nouvelle ; cependant, dans la surprise où j'étais, je montai sur-le champ en voiture pour m'en assurer : arrivé à la barrière, je vis le belvéder sur pied et dans le meilleur état possible ; il me vint alors dans l'idée qu'il s'était élevé quelques nouveaux différens entre M. Cointeraux et M. le comte François de Neufchâteau : ce qui donna lieu à cette pensée, c'est que je n'ignore pas que M. Cointeraux, élevé par son oncle, riche, maître maçon de la ville de Lyon ,

que pour d'autres petites constructions semblables ; c'est aussi le même moule dont il s'est

---

a été accoutumé depuis son enfance à faire toutes ses volontés, d'où il a contracté un caractère grondeur et impatient, qui s'est encore aigri par la perte de sa fortune, sacrifiée en expériences pour l'utilité publique, comme je l'ai dit plus haut. C'est ce caractère nébuleux qui lui a attiré tant d'ennemis et de détracteurs contre ses procédés. M. François de Neufchâteau, l'un de ses plus zélés protecteurs, n'a pas été à l'abri de son humeur attrabilaire ; cependant, en remontant à l'époque où ce magistrat quitta le ministère de l'intérieur, nous voyons qu'il emmena M. Cointeraux à son château du Perreux, où il le nomma son architecte, et le traita plutôt en ami qu'en étranger. Il ne tarda pas néanmoins à éprouver son humeur. J'ai à cette occasion des lettres de M. François de Neufchâteau, qui font connaître la douceur et la noblesse de son caractère. « Comment, lui écrivait-il, mon cher Cointeraux, vous allez vous figurer sans » aucune probabilité, que j'ai pris un autre architecte ? et sur ce, vous *m'invectivez ;* revenez, je vous en con- » jure, je n'ai pas pris ni n'ai pas envie de prendre d'autre architecte, etc. ». Ce seigneur ne tarda pas à lui faire obtenir un logement au château de Vincennes, pour lui et sa famille ; et quelques années après, il fut le premier à le recommander lorsqu'il réclama si justement une pension du gouvernement, qu'il obtint pour sa vie durante. Enfin, en 1813, M. Cointeraux sollicita de nouveau un local de M. de Neufchâteau, pour élever quelques constructions en pierres factices, qui pussent servir d'exemple à Paris ; non-seulement M. François de Neufchâteau, toujours protecteur des arts utiles, le lui accorda sur son propre terrain, mais il fit encore bâtir pour son compte le belvéder dont j'ai parlé. Ce fut malheureusement une nouvelle source de discussions par les prétentions un peu exagérées de M. Cointeraux ; néanmoins, M. François de Neufchâteau n'épargna rien pour le satisfaire ; il lui ménagea même un voyage en Angleterre, dont la société d'agriculture le combla de présents. Cependant M. Cointeraux, de retour à Paris, ne parut pas témoigner de reconnaissance à M. le Comte : c'est dans ce temps que l'on supposa le belvéder détruit. Je crus donc dans le moment que la mésintelligence en était cause ; mais plus je réfléchis

servi en Angleterre, et dont il parle dans la treizième conférence, et qu'il a eu la délicatesse
de ne pas faire graver, n'en étant pas l'inventeur (*).

Description de la Crécize ou Presse-Terre perfectionnée.

A, plateau remplaçant ici le soubassement en maçonnerie et le tablier dont j'ai parlé au
septième numéro, page 24. B, tige de fer servant de piveau vertical à la crécize. C, pièce
d'arrêt. D, coin que l'on fait sauter d'un coup de marteau, lorsque la pierre est faite. E, un
des grands côtés du moule, garni à l'extérieur d'une éminence F, qui facilite le passage du
parois 7 entre la pièce d'arrêt C. G, l'autre grand côté parallèle portant deux petits tenons H, H,
au travers desquels passe la tige ou piveau B. Ces deux grands côtés du moule E et G, sont
étayés à l'intérieur de deux rainures verticales de 2 ligues de profondeur seulement, pour
y fixer à plomb les petits côtés latéraux parallèles qui se déplacent d'eux-mêmes à chaque
pierre, et se replacent presque seuls, vu qu'ils sont suspendus par une broche aux deux côtés
épais E, G, au moyen de tourillons I, J, K, L.

à la conduite noble de M. le comte de Neufchâteau, moins je puis me persuader maintenant qu'il
conserve assez de ressentiment contre M. Cointeraux, pour dénigrer cette utile manière de bâtir, ainsi
que toutes les personnes qui aiment le bien public : il saura faire une distinction du caractère avec le
mérite personnel de l'artiste.

(*) Les descriptions des modèles obtenant un grand débit, je me propose de faire graver chaque numéro;
il s'y trouvera alors le dessin de cette intéressante machine. En attendant, le modèle se vend 8 fr.; le
grand moule, faisant une pierre de 8 pouces de long sur quatre pouces carrés, 30 fr., emballage
5 fr., au magasin d'inventions.

Manœuvre du Presse-Terre.

Lorsque ce moule sera arrêté sur son plateau par le coin D, qu'il est inutile de serrer à grands coups de marteau , comme le font souvent les ouvriers, l'on remplira la case jusqu'en haut, puis la rasant avec une latte comme une mesure de grain, l'on enfoncera le mandrin M tant soit peu avec la main, pour être sûr qu'il ne portera pas sur les bords de la case ; ensuite l'ouvrier qui vient de faire cette opération , crie au renard ; aussitôt les hommes placés derrière le mouton tirent la corde pour battre le mandrin , jusqu'à ce que sa tête saillante touche les bords de la case ; le même ouvrier commandeur crie au rat ; les autres arrêtent, suspendent le bélier par le moyen d'un crochet scellé dans la maçonnerie, où ils acrochent la corde. Le commandeur enlève le mandrin M, fait sauter d'un coup de marteau le coin D, qu'il pose avec le marteau près du mandrin , dans une place réservée pour cet objet seulement ; car il est bon que l'ouvrier desservant s'accoutume à cette manœuvre comme un canonnier à sa pièce : il fait tourner ensuite le moule d'équerre au plateau, en lui faisant faire une révolution d'un quart de cercle ; il ouvre alors en tirant par le bas le grand côté E, les autres côtés latéraux sortent des rainures, ce qui leur permet de s'élargir également par le bas : aussitôt la crécize accouche d'une pierre factice , qu'un jeune homme ou une femme ramasse et porte à couvert sous un hangar, pour qu'elle se durcisse sans craindre la pluie pendant une huitaine de jours, s'il est possible, avant de la maçonner : pendant que l'on range cette pierre factice , le commandeur desservant remet le moule à sa place en arrêtant le bas par le coin D, et s'armant de sa pelle, il remplit la case, comme il est dit plus haut : la manœuvre recommence , *et vice versa.*

Ce travail, qui concerne les plus grosses pierres, suppose cinq personnes : trois pour tirer la corde, l'ouvrier commandeur desservant, plus, un jeune homme pour porter la pierre et l'arranger à l'abri des injures du temps ; mais ces personnes peuvent se réduire à trois, si l'on fait des pierres d'une moyenne grandeur ; c'est-à-dire de 8 pouces de long sur 4 pouces carrés ; ce sont même les meilleures dimensions : l'on peut faire trois de ces pierres contre une grosse qui a 12 pouces de long sur 6 pouces carrés ; c'est à-la-vérité 48 pouces cubes de moins, puisque la grande pierre produit 432 pouces, et que chacune des petites ne cube que 128, qui, multipliés par trois, font 384 pouces cubes. Mais il faut considérer que les pierres moyennes sont mieux comprimées ; j'ai constamment remarqué que les pierres épaisses de plus de quatre pouces, n'étaient pas aussi bien comprimées au milieu, malgré que la terre ait été tassée dans la même proportion : j'ai aussi fait une autre observation, c'est que le dessous des pierres est moins dur que le côté du mandrin ; cela résulte de ce que la terre se bande horisontalement et forme une espèce de voûte, qui amortit les coups du mandrin. Il est à présumer que c'est la cause qui a empêché M. Cointeraux de réussir par le moyen des presses et du lévier, qu'il avait annoncé être propice à la fabrication de ces pierres, auxquelles il faut au contraire un coup sec, qui oblige les grains imperceptibles de la terre à se coller les uns aux autres, en forçant la partie glutineuse à ressortir à l'aide du peu d'humidité que la terre contient, et de la forte commotion qu'elle éprouve subitement ; nous en avons une preuve convaincante dans la manière de faire le pisé : la terre s'apporte avec des mannes ; elle est répandue dans toute la largeur du mur, à 2 pouces d'épaisseur seulement, l'ouvrier la frappe ensuite avec le pisoir, espèce de hie en forme de coins, emmanchée verticalement ; ensorte que le coup est très-violent, puisque cette espèce de biseau arrondi comprime à peine 12 lignes de large sur 6 pouces de long ; aussi le pisé est-il d'une grande solidité quand il est bien fait ; c'est une des raisons pour laquelle je conseille de l'employer conjointement avec les pierres factices. Je donnerai, dans les prochains numéros , les modèles des machines et outils propres à sa confection, et la meilleure manière de le faire.

Du choix des terres , et moyen de les préparer ou de les rendre propres à faire des pierres factices et du pisé.

Les meilleures terres naturelles comprimables sont celles qui sont grasses et pierreuses , c'est-à-dire remplies de petits cailloux ou gravier ; n'importe que la couleur soit jaune ou rousse ; mais comme l'on ne rencontre pas toujours des terres semblables, il faut en composer , ce qui est la chose du monde la plus simple à faire : par exemple la terre glaise , propre à faire des briques cuites ou de la poterie , ne peut faire du pisé, n'étant pas comprimable , humide, et ne pouvant devenir assez meuble en séchant pour la compression , vu qu'elle se plotte en forme de grumeleau, espèce de petite motte qu'il est impossible de réunir par le pisoir, encore moins dans le presse-terre. Le meilleur moyen de tirer partie de cette terre est de la mettre tremper dans un bassin pendant quelques jours , en ayant soin de ne pas trop attendre ; car la glaise se tasse dans l'eau et s'amalgame comme si elle était pétrie ; il faut avant ce période y jeter de la terre maigre dans les proportions de moitié ou trois quarts. Si la glaise est forte l'on pourra faire entrer dans cette portion de terre maigre des petits cailloux , pourvu qu'ils n'excèdent pas la grosseur d'un noyau de pêche. Des débris de tuileaux réduits en ciment sont aussi fort bons ; mais il est beaucoup plus aisé de se procurer du mâchefer, qu'il faut avoir

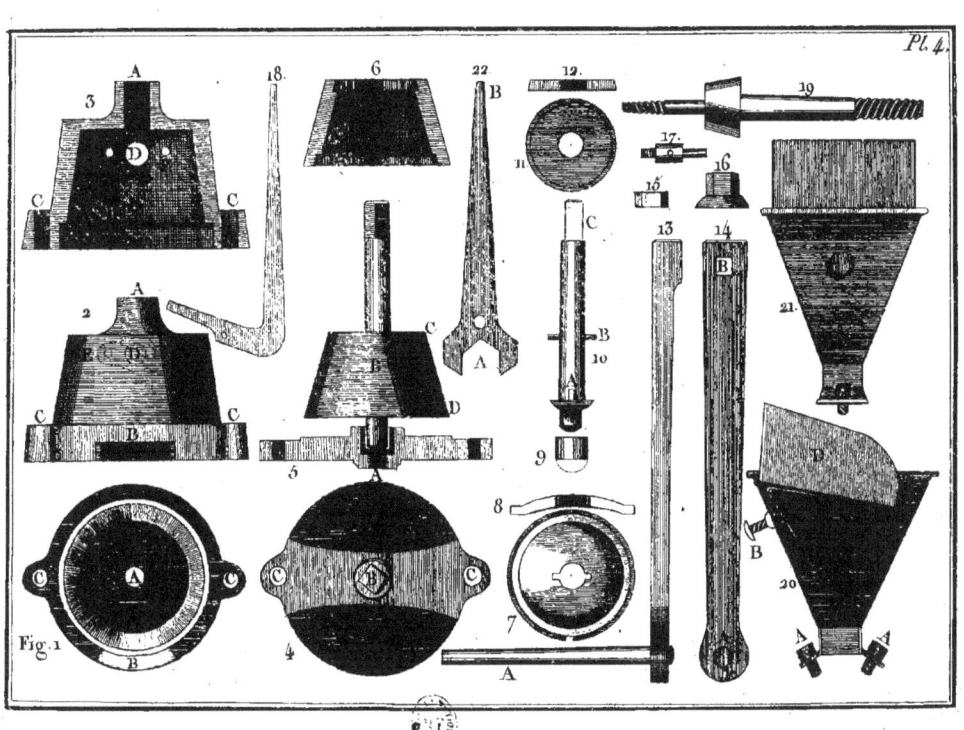

Pl. 4.

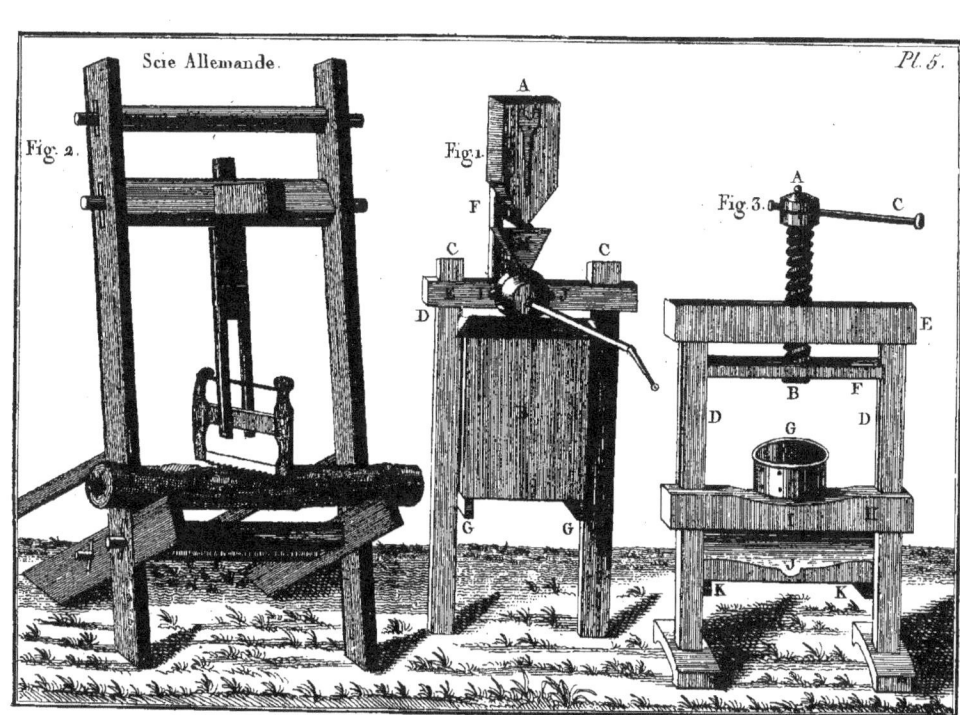

Scie Allemande.

Fig. 2.

Fig. 1.

A

F

C C

D

G G

Fig. 3.

A

C

E

B F

D G D

K K

Pl. 5.

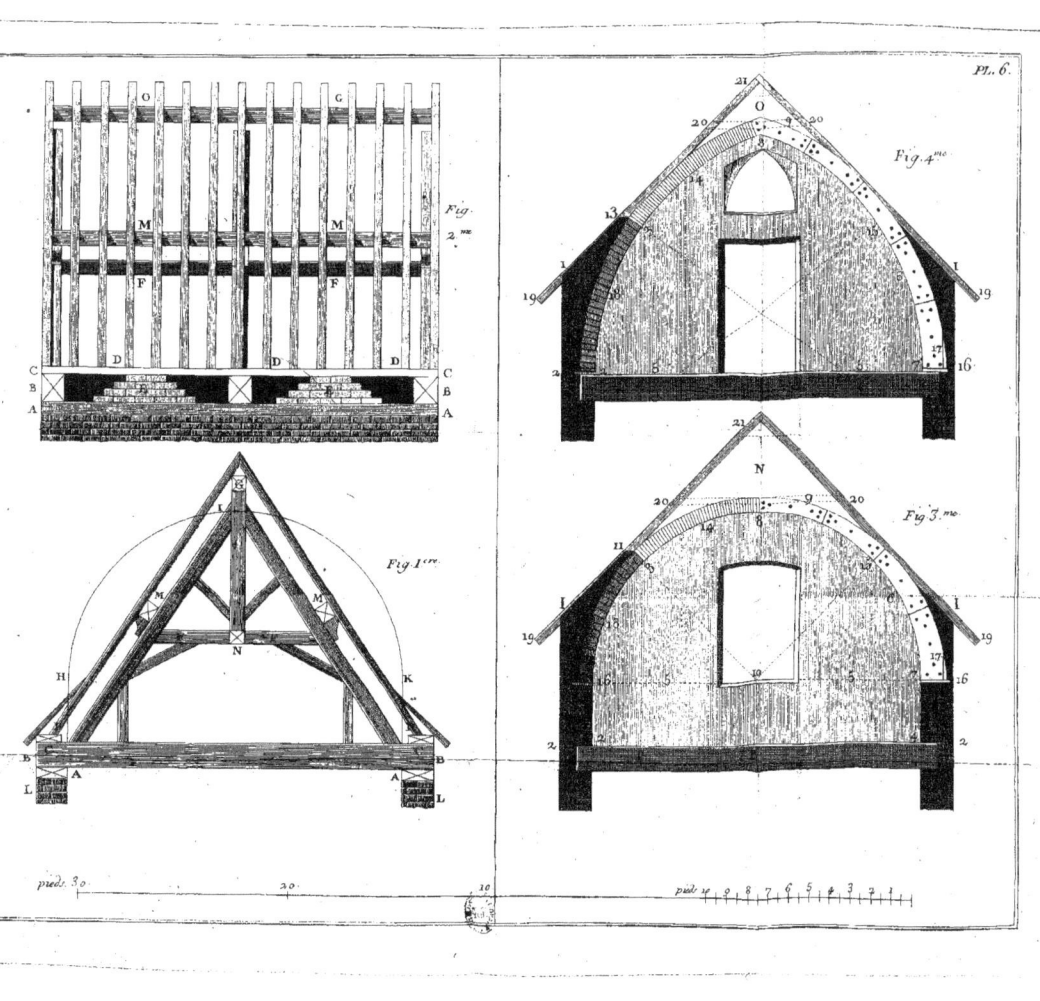

Fig. 2.me

Fig. 1.ere

Fig. 4.me

Fig. 3.me

Pl. 6.

pieds. 30   20   10

pieds 10 9 8 7 6 5 4 3 2 1

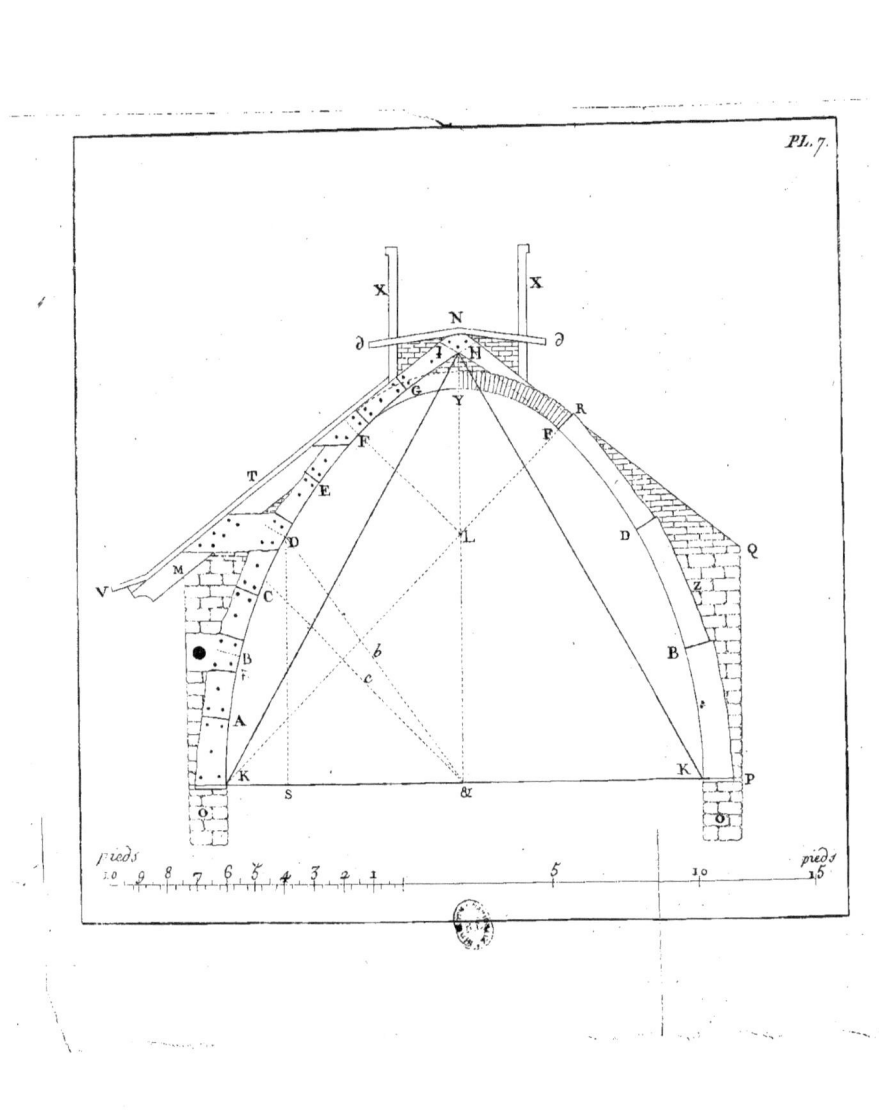

www.ingramcontent.com/pod-product-compliance
Lightning Source LLC
Chambersburg PA
CBHW060757180626
46818CB00002B/591